A marca FSC® é a garantia de que a madeira utilizada na fabricação do papel deste livro provém de florestas que foram gerenciadas de maneira ambientalmente correta, socialmente justa e economicamente viável, além de outras fontes de origem controlada.

B. KUCINSKI

Os visitantes
Novela

Companhia das Letras

Copyright © 2016 by Bernardo Kucinski

Grafia atualizada segundo o Acordo Ortográfico da Língua Portuguesa de 1990, que entrou em vigor no Brasil em 2009.

Capa
Alceu Chiesorin Nunes

Preparação
Livia Deorsola

Revisão
Valquíria Della Pozza
Márcia Moura

Embora se inspire também em fatos e pessoas reais, esta é uma obra de pura ficção.

Dados Internacionais de Catalogação na Publicação (CIP)
(Câmara Brasileira do Livro, SP, Brasil)

Kucinski, Bernardo
    Os visitantes : novela / B. Kucinski. — 1ª ed. — São Paulo : Companhia das Letras, 2016.

    ISBN 978-85-359-2750-4

    1. Ficção brasileira I. Título.

16-03696   CDD-869.3

Índice para catálogo sistemático:
1. Ficção : Literatura brasileira 869.3

[2016]
Todos os direitos desta edição reservados à
EDITORA SCHWARCZ S.A.
Rua Bandeira Paulista, 702, cj. 32
04532-002 — São Paulo — SP
Telefone: (11) 3707-3500
Fax: (11) 3707-3501
www.companhiadasletras.com.br
www.blogdacompanhia.com.br
facebook.com/companhiadasletras
instagram.com/companhiadasletras
twitter.com/cialetras

*Desçamos e confundamos a língua deles, para
que um não entenda o que o outro fala.*
Gênesis, 10-11

Os fatos são escassos, as palavras, numerosas.
S. Y. Agnon

Em memória de Ana Rosa Kucinski Silva e Wilson Silva

Sumário

A velha com o número no braço, 11

A recusa, 17

Admoestação, 21

Quarto visitante, 25

Uma visita-surpresa, 32

A visita da ex, 40

Sétimo visitante, 43

Sangue no escorredor de pratos, 48

Nono visitante, 53

O estrangeiro, 59

O visitante derradeiro, 69

Post mortem, 76

Tudo aqui é invenção,
mas quase tudo aconteceu

A velha com o número no braço

Atendi o interfone irritado. Muito irritado. Acabara de ler o jornal e, de novo, não havia referência alguma à novela, sequer uma notinha de canto de página. O porteiro disse: É uma senhora chamada Regina. Eu não me lembrava de nenhuma Regina. Perguntei-lhe o que ela queria. Diz que é sobre um livro, respondeu. Pensei: quem sabe, finalmente, uma jornalista querendo me entrevistar. E mandei subir.

Deparei no corredor com uma senhora de rosto chupado e cabelos brancos. Pensei: velha demais para ser jornalista. Uma anciã. Contudo, algo nela transmitia energia. E vestia-se com elegância. Blusa de seda, saia de veludo, colar de pérolas. Amparava-se numa bengala marchetada. Avaliei que era uma ricaça.

Na mão direita, trazia a novela visivelmente macerada. Antes mesmo de se apresentar, perguntou: O senhor é o escritor deste livro sobre a professora de química que desapareceu? Sem esperar minha resposta, continuou: Um livro forte e bem escrito, mas tem um erro muito feio que o senhor escritor precisa corrigir. Eu disse: Por favor, entre, senhora... Rebeca, não é mesmo? E perguntei qual era o erro.

A velha, todavia, não se moveu. Ficou ali, de pé, a bengala fincada na soleira da porta, como a demarcar distância. E disse: Regina, meu nome é Regina Borenstein; não vou me demorar, meu motorista está esperando. Eu nem viria se não fosse importante. *Redstu yidish*? É claro que não. Deu para ver pelo livro que o senhor escritor não fala iídiche. Eu disse: Realmente não falo iídiche, respondi. Ela disse: É sobre o holocausto, o senhor escritor escreveu que os alemães registravam todas as pessoas que matavam, mas isso não é verdade! Só registravam os que eram separados para o trabalho forçado, e só em Auschwitz. A maioria ia direto para a câmara de gás, os velhos, as crianças, os que pareciam fracos; imagine se iam registrar cada um, nem daria tempo, era um transporte depois do outro. Seu livro está errado!

A velha socou o livro no batente da porta, como se quisesse expelir de dentro dele o erro, e reforçou em iídiche: *Zer nicht richtig*, isso não está certo. Eu me desculpei: Senhora Regina, não sabia que só em Auschwitz. E perguntei: A senhora é historiadora? Não, eu tenho o número, ela respondeu. Sem largar a bengala nem o livro, a velha arregaçou a manga esquerda expondo por segundos uma sequência de algarismos. É de Auschwitz, disse. Lá havia quarenta e cinco campos de trabalho forçado; nem um, nem dois, quarenta e cinco, além dos campos de extermínio; aposto que isso o senhor escritor também não sabia.

Tentei me desculpar, mas ela me cortou: Minha irmã Blima e meus sobrinhos desapareceram igual a professora de química do seu livro, e não tem registro em lugar nenhum.

Eu disse que lamentava. Ela disse: De que adianta o senhor escritor lamentar? O senhor escritor precisa corrigir; como está é um desrespeito aos milhões que foram desaparecidos.

Seu tom era de acusação, não de lamento. Mantinha os olhinhos miúdos cravados nos meus. Tentei argumentar: Senhora Regina, meu livro não é um tratado de história, é uma novela de ficção, e na ficção o escritor se deixa levar pela invenção, nem o nome da moça aparece. A velha retorquiu: Invenção coisa nenhuma. O nome dela não está, mas todos sabem muito bem quem ela foi, que era professora assistente na universidade quando foi levada pelos militares e que o pai dela era um escritor da língua iídiche. Todos conhecem a história dela; até a televisão já deu.

Procurei contemporizar. Expliquei que os escritores às vezes se valem de fatos reais para criar uma história, e podem até torcer os fatos, para dar mais força à história. Ela protestou: Torcer os fatos?! Daqui a pouco o senhor escritor vai negar o holocausto! E brandiu a bengala de modo ameaçador.

Confesso que me assustei e recuei, temendo uma estocada. Pedi calma: Não é nada disso, senhora Regina. Como poderia negar o holocausto se eu perdi nele meus avós e meus tios? Ao ouvir isso o semblante da velha amoleceu. Então, sentindo-me reanimado, falei outra vez o que não devia: Senhora Regina, eu ignorei um detalhe do holocausto para ressaltar a crueldade dos desaparecimentos no Brasil.

A velha não gostou: Me desculpe, o senhor escritor chama milhões de mortos de detalhe? Só para fazer sua história ficar mais bonita? Isso não está certo! O que vão pensar os rapazes e as moças que sabem tão pouco sobre o holocausto?! Eu disse: Mas eu também mencionei as chacinas. Ela retrucou: O que o senhor escritor conhece das chacinas? Saiba que procuramos na floresta de Chełmno, para onde levaram as mulheres; mostramos as fotografias, ninguém se lembrava de nada, ninguém sabia de nada, não queriam saber, isso sim, ajudaram a matar, essa é que é a verdade.

Ao dizer isso, a velha tirou de dentro do livro duas fotografias, uma em sépia, outra em branco e preto, ambas gastas. Mantinha-se firme de pé, mas suas mãos tremiam. Disse: Esta é Blima, veja como era bonita. Esses dois são Josef e Mendel; nós éramos muito ligados. Estão de uniforme escolar, nem tinham terminado o colegial. Depois, iam estudar em Varsóvia.

Por um breve momento a velha se calou, pensativa. Súbito perguntou: Vocês nunca descobriram? Eu disse: Não. Ela disse: Eu também não. A vida toda procurei, no Yad Vashem, na Cruz Vermelha, nunca deixei de procurar, igual esse senhor K. da sua história que procurou a filha por toda parte, até a Berlim Oriental eu fui, depois que caiu o muro... Quando penso que depois de mim não haverá ninguém para procurar...

Consternado, balbuciei um sinto muito. Então ela disse: Quem sabe essa Comissão da Verdade descobre... Sumiram com a professora de química porque era da resistência, não por ser judia. Pois saiba que lá também todos os que foram pegos na resistência sumiram, os nazis reabriram as fossas e queimaram tudo — aposto que isso o senhor escritor também não sabia. Foi um decreto de Hitler, quando viu que a guerra estava perdida.

De fato, eu não sabia. Disse a ela: Aqui os generais decidiram sumir com todos os que conseguissem pegar numa reunião secreta. Ela disse: O decreto do Hitler também foi secreto. Eu disse: Um jornalista chegou a publicar um pedaço da ata dessa reunião, mas quando a ditadura acabou não se encontrou nada.

Ela parecia não mais me escutar. Já tinha as falas na ponta da língua. Crimes hediondos, milhões de mortos, famílias inteiras, cidades incendiadas, e o senhor escritor chama isso de detalhe! Tentei me justificar: Senhora Regina, eu não ignorei as atrocidades, apenas me vali de um recurso que os escritores chamam de licença poética. A velha de novo se enfureceu: Licença poética?! Onde já se viu! Não tem poesia nenhuma nisso! Se o senhor escritor lidou com fatos históricos tinha que ser fiel aos fatos!

Em seguida, me contou: Passei dois anos montando turbinas em Auschwitz, e mais oito meses em Hamburgo, fabricando blocos. Em torno de Hamburgo havia oitenta e cinco campos de trabalho forçado; isso o senhor escritor também não sabia, não é mesmo?

Eu não conseguia mais responder.

A velha então largou o livro no piso, como quem se livra de um objeto contaminado, e disse: Passe bem, senhor escritor. Deu-me as costas e caminhou até o elevador, dando passos curtos e enérgicos, a mão direita agora firme na bengala. Na mão esquerda levava as fotos. Sua cabecinha miúda mexia-se de um lado a outro, como que inconformada. Curvei-me envergonhado e apanhei o livro. Estava bastante riscado.

Passei a tarde pensando na velha. Conferi as passagens sublinhadas. Nenhuma anotação, só riscos, a lápis, traçados com fúria. Em seguida, pesquisei na internet e fiquei pasmo. Com razão a velha me chamara de ignorante. Cinco milhões de prisioneiros escravizados pela SS. Cada fábrica tinha um contingente; cada fazendola, um ou dois. Uma extensa escravatura para substituir os trabalhadores alemães convertidos em soldados.

Só então entendi *A lista de Schindler*, que tantas vezes assistira, tomando-o como a história de uma exceção. Era a regra, não a exceção. Centenas de Schindlers usando escravos fornecidos pela SS. Tinham que pagar à SS cada hora trabalhada. Por isso os trabalhadores forçados eram numerados; por isso deles, e somente deles, era dada baixa. Meticulosa e macabra contabilidade. Descobri na Wikipédia que o campo em que a senhora Regina fabricou blocos chamava-se Neuengamme. Por lá passaram oitenta mil; um em cada três não chegou vivo ao fim da guerra.

Leio na Wikipédia informações sobre a autobiografia de Primo Levi, *É isto um homem?*. Eu havia lido *A trégua*, em que ele relata o tortuoso caminho de volta a casa ao ser libertado do campo de Monowitz, onde foi mantido por um ano. Ele diz que todos ansiavam chegar às suas casas não apenas por instinto de sobrevivência, mas também para contar o que haviam visto. Na mesma tarde comprei *É isto um homem?* e o li de uma tacada. Em Monowitz dez mil prisioneiros foram forçados a construir uma fábrica de borracha sintética. Eternamente famintos, muitos perdiam todos os atributos humanos.

Primo Levi nunca se libertou verdadeiramente de Auschwitz. Décadas depois da guerra, suicidou-se. Pus-me a refletir sobre destinos tão discrepantes de dois sobreviventes do mesmo inferno. Quem sabe a velha senhora Regina teimou em viver porque tinha a quem procurar?

A recusa

Ainda remoía a censura da senhora Regina quando recebi, dias depois, outra visita inesperada. Uma das amigas. Elas eram três antes do desaparecimento, inseparáveis desde os bancos escolares. Amigas íntimas, de não ter segredos, de compartilhar projetos de vida, de trocar cartas intermináveis se uma delas viajava, já num tempo em que poucos escreviam cartas. O desaparecimento afetou as outras duas profundamente, como se cada uma tivesse perdido um pedaço de si mesma. Mas, estou me antecipando; isso só percebi depois do episódio que passo a contar.

A que me visitava era, das três, a mais alegre e descontraída. Cabelos loiros e encaracolados, tinha face radiosa. Chegou séria, no entanto, e me pareceu entristecida. Eu lhe havia pedido para entregar um exemplar da novela à outra amiga. Seu relato, que ouvi acabrunhado, confirmou temores meus até então vagos. Logo ao entrar disse: Ela não quis o livro, não quis ver nem sua dedicatória, repeliu com um tapa.

Senti-me mortificado e por um longo momento não soube o que dizer. Por fim nos sentamos e perguntei: Ela disse mais alguma coisa? Não, ela se encolheu, nervosíssima, até me afastei, esperei ela se acalmar; parecia um bicho acuado, disse a amiga. Só então me convenci do que no íntimo já suspeitava: o livro machucara as amigas. Restava-me a esperança de que foi por sentirem-se enganadas, ao descobrirem sua vida dupla, e não pelo que escrevi ou deixei de escrever. Indaguei: Ela explicou a raiva? Só disse que você não a conhecia, até a desdenhava, todos na família a subestimavam, você, seu irmão, sua mãe, a cunhada, todos, até o pai, em parte. Por que até o pai?, quis saber. Porque não passava pela cabeça dele que a filhinha querida e graciosa tivesse se transformado numa mulher política.

Fiquei a meditar alguns segundos, depois perguntei: Já que ela não quis ler, você passou alguma coisa do conteúdo? Falei que está bem escrito, que é um texto delicado, até poético. E o que ela respondeu? Ironizou, você sabe como ela é sarcástica. Reconheceu que escrever bem é com você mesmo, mas tinha que ser o contrário, tinha que ser um livro sujo, como foi sujo tudo aquilo, tinha que ser como um vômito, mas você preferiu escrever um livro bonito e ilustrado por artista famoso para ganhar prêmio.

Reagi indignado. Disse-lhe: Pois saiba que a novela escreveu-se quase por si mesma, como um desses livros espíritas psicografados; e nem era novela, eram uns contos, primeiro um, depois outro, e saíam fácil, como se já estivessem prontos. A amiga esboçou um sorriso e ironizou: Você fala como se fosse uma galinha botando um ovo por dia. Também sorri com a comparação e corrigi: Não era um por dia, era um por semana, mas foi assim mesmo, como se cada um fosse um desafogo. Ela contestou: Está tão bem-acabado que não é só desafogo, você queria reconhecimento literário.

Pensei: claro que um autor busca reconhecimento, isso é natural, mas dizer que escrevi para ganhar prêmio é me chamar de oportunista. Perguntei: Em que momento ela me acusou de querer ganhar prêmio? Quando mostrei a ela a capa com o desenho do Enio Squeff. Eu disse: Pois saiba que o Squeff desenhou sem que eu pedisse, foi desenhando à medida que lia, em cima de uma cópia, é a forma de ele ler, desenhando, esclareci. Ela retrucou: Isso não muda nada. Claro que muda, muda tudo, ele desenhou sem intenção de fazer uma capa, muito menos de ganhar prêmio, assim como eu escrevi sem intenção alguma.

A amiga ficou por um instante em silêncio, depois disse: Você não entende, é tudo mais complicado; para você ter uma ideia, o rosto dela avermelhou de brotoejas. Estranhei: brotoejas? A amiga explicou: É uma reação psicossomática que aparece sempre que ela se perturba; depois chorou. Eu me surpreendi. Chorou? Mas que merda! Chorou por quê? Alguma recordação ruim; ela quer lembrar a amiga alegre, não a amiga desaparecida. Perguntei: Você também? Eu sou diferente, sei lidar com perdas, ela não; nunca vai a enterros; no do pai só apareceu na hora do *kadish*, no do irmão foi a mesma coisa.

Pensei no capítulo em que ela escreve uma carta à amiga que agora se recusa a ler o livro, lembrando *O anjo exterminador*, de Buñuel, a que haviam assistido juntas. Os personagens do filme não conseguem abandonar um palacete após um longo jantar, embora os portões estejam abertos. Parecem retidos por um sortilégio. É uma alusão à luta armada, da qual participava sem a amiga saber, luta que sabia perdida sem que dela pudesse escapar. Carta soturna e premonitória, quase uma despedida antecipada, na qual se queixa também do pai, que só pensa nos amigos literatos, dos colegas da química, que chama de bundões, do irmão que com ela não fala, e até dos companheiros que diz estarem fora da realidade.

A carta é inventada. Endereçada à amiga, nem poderia estar entre os papéis que encontrei depois do desaparecimento. Ainda assim me questionava se foi correto ter metido as amigas na novela. Perguntei: Você falou do capítulo da carta? Falei, mas sem entrar no conteúdo, é muito forte. E o que ela disse? Disse que não estava interessada e que as cartas que tinha queimou todas. Perguntei: O que mais? Também disse que, se o que está nessa carta for verdadeiro, todos vão saber da vida delas, e isso não se faz; se for falso, pior ainda; disse que um livro assim precisa ser destruído. Estupefato, pedi para repetir: Destruído?! Ela disse destruído?! A visitante confirmou: Ela disse que, se pudesse, queimava a edição inteira. Merda, pensei. Porém não disse nada.

Depois de algum tempo calada, a amiga se ergueu e pousou discretamente o livro com a dedicatória rejeitada na beira do console. Já alcançava a porta quando perguntei: E você, o que achou da novela? Ela respondeu quase sussurrando: Só li até o capítulo da carta, não consegui continuar; tentei, mas não deu. E fechou delicadamente a porta atrás de si. Senti-me um crápula.

Admoestação

Sonhei com meu pai. Há anos não sonhava com meu pai. Estávamos sentados à mesa. Ele comia batatas queixando-se de estarem insossas. Brotavam gotas de suor na sua testa. Eu tomava café e esquadrinhava o caderno de cultura em busca de alguma referência à novela. Ia virando as páginas e nada. Até que, ao virar a última, topei com meu sobrenome ocupando toda a parte superior. Porém minha satisfação durou apenas uma fração de segundo. Não era de mim que falavam, e sim de um livro de contos de meu pai publicado em português. O artigo explicava que cada conto fora traduzido por uma de suas antigas alunas do curso de iídiche. Elogiava a iniciativa, de duas professoras da universidade, e a qualidade da antologia. Estampava uma fotografia de meu pai engravatado e a capa do livro. Li em silêncio, tomado de inveja. Depois, mostrei-lhe o jornal. Ele perguntou: Fala do desaparecimento? Eu disse: Não. Ele disse: Então não interessa. E afastou o jornal com um gesto brusco de desagrado.

Passado um minuto, perguntei: Por que será que falam dessa antologia que saiu há tantos anos, e da minha novela não falam nada? Ele disse: Sua novela... Grande novela... Você ignorou nossa viagem ao Uruguai e ao Chile. Foi meu presente de aniversário, quando ela completou trinta anos e não há uma só palavra na novela sobre essa viagem. Levantei os olhos para responder, mas ele já não estava mais sentado à mesinha do café e sim de pé, atrás de um tablado ornado com flores e ladeado por outras pessoas. Discursava em iídiche, gesticulando, mas eu não entendia nada do que ele falava. Na parede de trás estava dependurado um mapa da Europa pintado de preto com dois países pintados de branco. Num deles estava escrito Neuengamme e no outro Monowitz. Quando meu pai acabou de discursar houve aplausos prolongados. Eu também aplaudi. Depois que cessaram os aplausos vi que o mapa na parede não era mais da Europa e sim da América do Sul, e os dois países pintados de branco eram o Uruguai e o Chile. Meu pai não estava mais atrás do tablado e sim na sala de aula do meu grupo escolar da Água Fria. Falava em português e dava aula de geografia. Estava em mangas de camisa e envelhecido. Falava devagar e com voz cansada. Em torno de mim sentavam-se meus amigos do grupo escolar. Eu estava sentado num canto, meio encolhido, e algumas meninas olhavam para mim de soslaio e percebi que minha calça era de um pano tão fininho que quase se viam os pelos, e fui ficando aflito porque meu pai não parava de falar e a aula não acabava.

Escrevi o que lembrei da aula. Ele disse: Só o Uruguai e o Chile estavam livres de ditadura, por isso nós fomos; ela tinha poucos dias de férias, eu não podia abandonar a loja por muito tempo, assim decidimos por uma viagem curta. Foi uma bela viagem, ela encantou-se com a arquitetura de Montevidéu. Assistimos a um pequeno comício. Um rapaz denunciou a ditadura do Brasil; durante quase uma hora ficamos ali, ouvindo um orador após o outro; só fomos embora quando minhas pernas se cansaram. No museu, conhecemos o herói deles, chamado Artigas. Em Santiago foi diferente, havia muita agitação. Ela se assustou um pouco. Eu também. Mas era o que a gente procurava. Ficamos três dias em Santiago. Durante toda a viagem tentei saber os planos dela para depois do doutorado, mas, por mais que perguntasse, ela não me esclarecia. Dava respostas evasivas. Ficou muito nervosa quando desembarcamos em São Paulo. Passou duas semanas sem me visitar. Você devia ter falado dessa viagem. Dois meses depois aconteceu o golpe militar no Uruguai. Alguns meses mais e veio o golpe no Chile. Tudo isso sentimos aqui, mas você não, você estava numa boa, na Inglaterra, gozando a vida, indo aos concertos do Southbank; aqui assassinavam pessoas. Inventavam que eram atropeladas. Uma delas viu no jornal a notícia da própria morte. Por que você não colocou isso na sua novela? Não quis denunciar colegas de ofício? Ou não sabia? Claro que você sabia. Você falhou. Tinha acesso aos jornais ingleses, trabalhava na BBC de Londres e se calou. Em vez de denunciar as atrocidades da ditadura, você fazia entrevistas para as amarelinhas da *Veja*. Você diz no seu livro que eu a ignorava, foi você quem a ignorou. A vida inteira você a ignorou, você e o seu irmão, ele mais ainda. Você esteve duas vezes no Brasil durante aqueles anos e não percebeu o perigo que ela corria! Só queria escrever belas reportagens! Onde você estava com a cabeça?! Eu não sabia que ela havia se casado com um militante, mas você sabia, você o conhecia, sabia que era um dirigente e não se preocupou com o risco que ela corria! Como isso foi possível? Voce é o culpado, o único culpado!

Isso foi o que meu pai disse no sonho, e mais alguma coisa sobre o Artigas que esqueci. Antes de acordar ainda o vi se afastar, como se estivesse me abandonando. Caminhava de cabeça baixa e encurvado.

Quarto visitante

Os jornais continuam me ignorando. Passaram-se dois meses. Tento não me incomodar, mas é difícil. Necessito reconhecimento. À tardinha visitou-me um amigo que havia ajudado a publicar a novela e a elogiara. Contudo, logo que entrou reclamou: De uma coisa não gostei, não gostei de você dizer que ela era feia. Você foi injusto, extremamente injusto.

Ele a conheceu bem. Haviam militado na mesma organização, antes de ela aderir à outra, que perseverou na luta suicida. Quando lhe falei pelo telefone que tinha escrito uma novela, imediatamente intuiu que era sobre o desaparecimento, como se já a aguardasse havia anos. Lembro que lhe dei uma cópia numa quarta-feira; na quinta já a havia lido e na sexta atropelou seu grupo político encaixando o livro na programação da editora daquele mesmo ano. Editora pequena e engajada. Melhor assim, pensei na ocasião, e ainda penso, embora desconfie que disso advenha em parte o ostracismo ao qual foi relegada.

É um tipo magro e alto, de rosto curtido pelo tempo e por sete anos de cadeia. Tem veia de artista. Na cadeia dava aulas de pintura. Leva barba curta bem aparada e cabelos longos amarrados, como fazem as mulheres. Traja-se com esmero. Hoje veio de terno de linho branco. Surpreso com a crítica, refutei: Eu não disse que ela era feia, e sim que a beleza dela não era física, era espiritual. Ele contestou: Disse sim; no capítulo em que ela passa a usar óculos, você diz que de óculos tinha ficado mais feia ainda, ou você já esqueceu o que escreveu?

Touché. Tive que admitir e procurei me justificar: Sim, é verdade, mas quem fala é a mãe, não o narrador. Ele acrescentou: O pior é que você revela tão pouco da personalidade dela e ainda vai dizer que era feia! Ponderei que o capítulo da carta a uma amiga revela bastante. De novo, ele contestou: Revela muito pouco. Não que seja um defeito, veja bem, é interessante a forma como você elide a presença dela, embora tudo seja sobre ela e por causa dela; é como se sua ausência na narrativa correspondesse à sua supressão na vida real. Eu disse: Não foi de caso pensado.

Ele sentou-se. Fui apanhar um vinho e taças. Logo que brindamos, ele retomou a crítica: ela não era feia coisa nenhuma, era uma mulher atraente, muito atraente, esbelta e de rosto bonito. Fitou o teto por algum tempo, cofiando a barbicha, como que mergulhado em recordações, e disse: Vou te contar um episódio que nunca esqueci. Certa vez fomos almoçar perto daquele casarão da avenida Higienópolis que virou sede da Secretaria de Segurança; havia um grupo de policiais na porta e quando passamos em frente eles congelaram: ela estava de vestido vermelho, um estouro de mulher, e foi caminhando, elegante, calma, e eles a seguindo com os olhos, hipnotizados, eu jamais me esqueci da cena porque nosso encontro era um ponto, e os caras estavam ali sem saber de nada, deslumbrados com aquela mulher.

Eu me surpreendi com a história e duvidei: Você está idealizando. Ele negou: Nem um pouco, e te digo mais, além de inteligente e bonita, ela exercia um fascínio todo especial sobre os homens, tanto que muitos caíram por ela. Eu admiti: É verdade, só eu soube de quatro. Ele indagou: Você conheceu os quatro? Conheci, alguns mais, outros menos. E por que não dava certo? Não sei, respondi, só fiquei sabendo deles depois do desaparecimento. Ele disse: Estranho, promíscua ela não era; ao contrário, era até bem pudica. Eu concordei e aventei uma hipótese: Acho que ela era exigente, e, como tinha personalidade forte, logo encontrava algum defeito, menos no último, com quem se casou.

Ele pareceu concordar. Voltamos ao vinho e ele voltou à sua crítica, desta vez em tom mais enfático: É um absurdo a mãe chamar a própria filha de feia como está na novela, isso não existe, não é verossímil. Eu rebati: Pois saiba que não é inventado, ela mesma nos contava. Ele insistiu: Ficou deselegante. Pode ser, mas coloquei de propósito, achei forte a mãe dizer à filha que é feia, tanto que ela nunca esqueceu. Ele ponderou: Considerando-se que feia ela não era, isso diz mais sobre a mãe do que sobre a filha. Concordei: Foi essa a intenção, mostrar que ela passou a primeira infância com mãe depressiva por causa da guerra. Ele perguntou: Foi tão ruim assim? Só descobri ao escrever a novela e fazer as contas, eu disse. Teus pais não falavam da guerra? Jamais, nem da guerra nem do extermínio; acho que queriam nos poupar. Ele perguntou: E o que você descobriu? Descobri uma situação terrível, prefiro não dizer. Ele insistiu: Quero saber.

Hesitei. Minha hipótese era ousada, não sabia se ele aceitaria. Enfim me decidi e expliquei pausadamente: Os alemães invadiram a Polônia no final de 39 e logo deram início às chacinas e transportes de judeus para campos de concentração; portanto as notícias de mortes e desaparecimentos foram chegando ao longo de 40 e 41, exatamente quando ela estava sendo concebida, tendo em conta que ela nasceu em janeiro de 42. Ele perguntou: A mãe perdeu muita gente? A família toda, os pais os irmãos, tios, primos, os amigos de infância, as colegas de escola, os vizinhos, enfim, as pessoas que constituíam o seu mundo na Polônia.

Ele escutou em silêncio obsequioso, pareceu-me que estava se dando conta da gravidade do que eu dizia. Continuei: Penso que na cabeça da mãe a gravidez ficou associada ao extermínio. Ele me interrompeu: Uma gravidez indesejada... Pior, eu disse, uma gravidez angustiante na qual sentir alegria implicava sentir culpa. Ele estranhou: Culpa por quê? De estar viva e a família toda morta. Ele duvidou: É isso mesmo o que você pensa? Reafirmei: É o que penso. E perguntei: Você não sente culpa por ter sobrevivido, com tantos de seus companheiros mortos?

Um longo silêncio se interpôs entre nós. Cheguei a pensar que eu o tinha ofendido. Depois vi que não. Apenas o surpreendi. Por fim, ele argumentou: Poderia ter sido o contrário, a mãe podia receber a criança como compensação, uma bênção... Mas não foi o que aconteceu. E desafiei: Que outra explicação pode haver, se você mesmo diz que ela não era feia, e ainda que fosse é um absurdo a mãe chamar a própria filha de feia?

Ele não me respondeu. Pareceu-me que avaliava o que eu havia dito. Prossegui: E tem mais, enquanto ela dava os primeiros passos, de 43 a 44, chegavam informações sobre a coisa pior, os campos de extermínio, tão terríveis que de início ninguém acreditou. Só então ele pareceu aceitar minha análise. E perguntou: A mãe nunca superou as perdas? Isso não se supera, talvez tenha se reanimado um pouco ao ser criado o Estado de Israel, em 48. Ele quis saber por que e eu expliquei: Porque o júbilo foi enorme e o fato em si pôs o holocausto de lado, até porque ninguém queria falar de holocausto, era algo indizível.

Ele quis saber mais, como se estivesse aprendendo algo interessante. A família era sionista? Era a ideologia natural da família, até um tio trotskista virou sionista depois que foi criado o Estado de Israel. Ele disse: Mas, quando eu a conheci, ela não era nem um pouco sionista. Você a conheceu quando ela já estava na faculdade, ela pertenceu à juventude sionista antes, na adolescência, ela e as duas amigas; depois se afastou, embora as amigas tenham continuado. Se afastou por quê?, ele perguntou. Não sei, talvez por causa da aliança de Israel com a França e a Inglaterra para derrubar o presidente do Egito que havia nacionalizado o canal de Suez; depois disso ficou difícil ser de esquerda e sionista ao mesmo tempo.

Passado meio minuto em que ficou absorto, ele perguntou: Na adolescência ela já era de esquerda? Claro! Quem não era naquela época? Todo mundo era, e a família também, sionista, mas de esquerda, o pai, os irmãos, o tio trotskista. Além disso, ela fazia colegial no Otavio Mendes, onde havia um movimento secundarista forte. De novo ele se pôs a refletir. Provamos outra vez do vinho. E ele insistiu: Se as amigas continuaram sionistas, e elas eram tão ligadas, não entendo o afastamento dela do sionismo. Eu também não, às vezes penso que ela foi se afastando não tanto por desafeição ideológica, e sim em busca de autonomia intelectual, principalmente em relação aos irmãos e ao pai. Talvez até sentisse algum desconforto com a identidade judaica; não sei, nunca saberemos, não é mesmo? Ele concordou: É, nunca saberemos.

Ficamos outra vez em silêncio até que ele disse: Gostei da forma como você dá voz aos personagens, contei oito vozes. Perguntei: De qual você gostou mais? O monólogo da amante do Fleury. Eu disse: Escrevi de uma tacada só, foi o primeiro fragmento da novela. Ele perguntou: A amante do Fleury não ajudou em nada? Acho até que tentou, mas não deu retorno. Mas a biografia do Fleury escrita por aquele jornalista diz que ela deu retorno e foi negativo. Eu desmenti: É memória enganosa, ela pensou que deu, mas não deu; não foi a única, aconteceu muitas vezes, prometiam, depois recuavam como se tivesse tocado no intocável. Você nunca descobriu o que aconteceu? Eu disse: Não. Ele disse: Quem sabe essa Comissão da Verdade descobre. E mudou de assunto: Também gostei da fala do outro pai, o do interior, que ficou no desamparo com o desaparecimento do filho. Essa não saiu fácil, eu disse, precisei pesquisar.

Passamos mais meia hora em reminiscências e dando cabo do vinho. Perguntei como estavam os planos de montar um ateliê, seu sonho durante os anos de cadeia. Ele disse: Dinheiro, já tenho, falta encontrar um lugar. Contou-me então algo surpreendente: na cadeia, tinham copiado à mão, em cadernos escolares, vários clássicos do marxismo, inclusive *O Capital*, quase inteirinho. Disse que só ele guardou dezoito desses cadernos. Perguntei: Se vocês tinham os livros, para que copiar? Ele explicou: Os livros entraram de contrabando, podiam ser confiscados.

Tomamos um último trago e ele se foi. Fiquei pensando: não era só medo do confisco. Era uma forma de sobreviver.

Primo Levi também precisou escrever para sobreviver enquanto esteve preso. E Klemperer disse que só se manteve lúcido graças ao diário no qual escrevia todos os dias. Comparou seu diário à vara que o equilibrista segura por cima da cabeça, para não despencar da corda bamba.

Uma visita-surpresa

O descaso com a novela acabou por me derrubar. Nos dias em que a faxineira não vem, nem tiro o pijama e não faço café; tomo o da véspera, requentado no micro-ondas. Num desses dias, consultava anotações, sem ânimo para escrever, quando o interfone tocou. O porteiro disse: Tem uma pessoa querendo falar com o senhor. Perguntei: Como se chama? Não quis dar o nome, diz que é uma visita-surpresa. Homem ou mulher? É um senhor, o porteiro respondeu. Hesitei, pressenti coisa ruim. Então o porteiro acrescentou: Diz que também é escritor. Pensei: não é sempre que se recebe um escritor. E mandei subir. Botei um quimono por cima do pijama e fui receber o visitante-surpresa.

Surgiu do elevador um sujeito miúdo, de cabelos ralos e grisalhos. Dei a ele sessenta anos. Vestia um terno marrom-claro, que me pareceu apertado, e camisa bege, sem gravata. Ao se aproximar estendeu a mão e perguntou: Você não se lembra de mim? Tinha olhos azuis e tez muito branca, não era um tipo comum, entretanto não o reconheci. Desculpei-me: Tenho dificuldade com fisionomias. Ele disse: Não precisa se desculpar, já se passaram mais de trinta anos; nos conhecemos no jornal *Amanhã*, lembra do *Amanhã*? Manuel Alves, eu fazia crítica literária. Só então me lembrei: Manuel, claro, a gente te chamava de Mané. Ele disse: Eu também era roteirista de tevê. Súbito, veio tudo à tona. Sim, o Manuel Alves Lima, roteirista de tevê, que entregou mais de trinta, quem era e quem não era, assim se falou na época, a frase corrosiva passava de boca em boca, mais de trinta, quem era e quem não era. Convidei-o a entrar e adverti: Estou sem empregada, em vez do café te ofereço uma pinga, ou você prefere cerveja? Decidimos que era cedo para pinga. Fui à cozinha apanhar a cerveja enquanto raciocinava freneticamente. O que será que ele quer? Já sabia que coisa boa não era. Tentava me lembrar das palavras exatas na novela. Demorei a voltar. Ele fez que não notou e disse: Em primeiro lugar, quero te cumprimentar pelo livro. Para um iniciante, é muito bom. Agradeci: Obrigado, Mané. Vindo de um crítico literário é importante. E perguntei: E em segundo lugar? Em segundo lugar tenho uma queixa, um desabafo, sei lá como chamar. O assunto é delicado.

Nesse instante entendi do que se tratava. Sentamo-nos, servi a cerveja e esperei calado. Ele não tocou na cerveja. Disse: Seu livro fala de um roteirista de novelas de tevê que entregou mais de trinta e pensei que o tal só podia ser eu. Então era mesmo isso. Tentei rebater: Mané, quem fala na novela é o Fleury, fala de um preso que ele interrogou; você, que eu saiba, não foi preso nem interrogado pelo Fleury. Ele retrucou: As pessoas não sabem quem me prendeu, é um detalhe que se perde no tempo, mas sabem que eu era roteirista de tevê. Estou bastante chateado, todos que me conhecem daquela época vão saber que se trata de mim; além dos amigos tenho filhos, netos, um deles já veio me perguntar se é verdade o que está no seu livro.

A cerveja ali, intocada. Eu apalermado, sem saber o que dizer. Ele continuou: Logo que fui solto procurei os que eu entreguei sob tortura, e nem foram mais de trinta, foram exatamente dezoito; pedi desculpas a todos, um por um, expliquei as circunstâncias. Enquanto falava, Mané me fitava intensamente, como se quisesse me fuzilar com os olhos. Tentei outra vez me justificar, mas as palavras custavam a sair. Por fim, consegui dizer: Mané, é a fala de um facínora, que o leitor atento lerá com um pé atrás. Ele contestou: Mas você não precisava dizer que era um roteirista de novelas de tevê, podia dizer que era um poeta, um professor, sei lá, um encanador, teria o mesmo efeito e não me exporia. Quantos roteiristas de tevê você pensa que foram presos naquela época? E acrescentou, apontando o dedo: Você quis me agredir!

Percebi que eu próprio não entendia por que tinha feito aquilo. Tentava encontrar meus motivos quando ele formulou uma hipótese: Você quis atacar os que cederam sob tortura, só que com isso você fez comigo exatamente o que espalharam na época que eu fiz com outros. Contrapus: Eu não fiz julgamento de valor, Mané. Quem sou eu para julgar?

Ele se ergueu elevando a voz e gesticulando: De fato, quem é você para julgar?! Você nunca foi torturado, nem preso foi, pois eu vou te contar o que nunca contei a ninguém, nem à minha mulher. Eu tapei os ouvidos: Não quero ouvir, Mané, deixa pra lá! Vai ouvir, sim!, vai ouvir que deram choque elétrico no meu corpo todo, enfiaram um cabo de vassoura no meu cu, só não me arrancaram as unhas porque não sabiam se iam ter que me soltar, enfiaram a minha cabeça um monte de vezes num barril de água até eu quase me afogar.

Gritei: Chega, Mané! Chega! Ele, porém, continuou: Depois me jogaram nu num cubículo de cimento molhado; eu aguentei até que trouxeram o Ricardinho e ameaçaram machucar o menino. Eles eram uns celerados, capazes de tudo, aí eu desabei, falei todos os nomes que me vinham à cabeça, fui falando, falando, falando...

Vi que ele estava alterado e, no tom mais sincero que encontrei, lhe disse: Desculpe, Mané... Sem me ouvir, ele continuou: E você inventa um torturador que diz que nem precisou acender o cigarro! Senti-me um bosta. Esperei ele se acalmar e balbuciei: Mané, eu escrevi que ninguém pode julgar. Ele retrucou: Mais um motivo para não me expor; ao me apontar você julga, e te digo mais: você pensa que outros não entregavam? Por que você fala de mim e não de outros? A primeira coisa que todos dizem é que não entregaram ninguém, mas a maioria entregou, e sabe por quê? Porque eles nos levavam à loucura! À loucura! Você porventura sabe quantos ficaram loucos para sempre? Quantos acabaram se matando? O que você sabe sobre a tortura? Nada! Absolutamente nada!

Pensei: mais um que me chama de ignorante. E com razão. Mané sentou-se, aparentemente mais calmo, e disse em tom quase normal, só um pouco trêmulo: Era impossível não entregar, eles nos desmontavam, tanto que havia diretivas, aguentar pelo menos um dia, ou entregar quem já estava queimado, falar o que eles já sabiam, ou dar um ponto falso. Por que você acha que alguns andavam com cianureto?

Em vão, pedi desculpas outra vez e mais outra, reiteradamente. Expliquei: É que a expressão *mais de trinta* cravou tão forte na minha memória que surgiu naturalmente, pela boca do torturador; você sabe como isso acontece, você também é escritor, o personagem ganha vida própria. Ele contestou: Mas o escritor revê, corrige os erros; você não corrigiu, não percebeu ou não quis ver que aquilo iria me ferir. Repeti que não foi deliberado. O que mais eu podia dizer?

A cerveja permanecia entre nós, intacta. Passado um minuto ele disse: Bastava trocar duas palavrinhas, duas simples palavrinhas, e nada mudaria na sua novela. Acho que você quis se vingar em cima dos que sobreviveram. Ao ouvir isso, me aborreci. Assim também era demais. E disse: Mané, você veio de Porto Alegre para me dizer uma bobagem dessas? Ele respondeu: Não, vim para um debate sobre cinema. Eu disse: O livro pode ser uma vingança, mas contra os professores do Instituto de Química, que a demitiram mesmo sabendo que tinha sido sequestrada pela repressão.

Em tom amistoso, como quem reconhece que exagerou, ele disse: Esse capítulo da reunião da congregação é bom demais, um soco no estômago. E acrescentou: Mas eu não teria atribuído pensamentos aos participantes. Por quê?, perguntei. Porque sua novela se propõe kafkiana, tanto assim que o título é *K.*, mas o narrador kafkiano não é onisciente, não entra na cabeça dos personagens. Rebati: Mané, nem minha novela se propõe kafkiana nem eu entrei na cabeça deles. Como não entrou?! Não entrei, cara!

Peguei o livro, que estava ali à mão, localizei o capítulo sobre a congregação e li em voz alta: "Não sabemos o que se passou pela sua cabeça durante a reunião, podemos apenas imaginar". Fechei o livro. Parecendo surpreso, Mané admitiu: De fato, você usou um artifício. Eu disse: E fui repetindo o artifício com pequenas variações para cada um dos participantes. Então ele disse: Só que essa formulação contém ironia, e o narrador kafkiano não é irônico.

Não queria se dar por vencido. Fiquei na dúvida se ele entendia mesmo de Kafka. Lembrei-me de que ele fazia crítica literária porque não tínhamos outro. Eu mesmo o havia contratado. Éramos todos amadores. Pensei: pode ser que, de lá para cá, tenha estudado literatura. E repeti: Minha novela, Mané, só é kafkiana na aparência. Por que só na aparência? Ele perguntou. Porque não mexe com o inconsciente, os literatos classificam as situações de Kafka como insólitas, mas são situações nada incomuns de esquizofrenia, de insegurança existencial profunda, da dissociação entre o ser e seu corpo, do Gregor que vira barata, a Clarice Lispector é kafkiana, eu não, basta ler *O livro dos prazeres*.

Ele explicou: Não falo das situações, falo de linguagem, em Kafka a palavra é tomada ao pé da letra. Concordei: Nisso você tem razão, o estilo dele é afiado com uma faca e seus personagens não têm atributos, são quase abstratos. Ele prosseguiu: Você reproduziu trechos da ata e deu nomes aos bois, em linguagem seca, como faria Kafka, isso ficou muito forte. Perguntei, em tom de leve provocação: E nesse caso você não achou errado expor os ilustres acadêmicos a seus filhos e netos? Não, porque era uma reunião pública, e você se apoiou na ata; além disso, nenhum deles foi pendurado num pau de arara. Passado um instante, arrematou: Foram pusilânimes.

Comentei que foi difícil trabalhar os fatos no modo ficcional. Em tom paternal, ele disse: Você conseguiu, há alguns problemas, mas não chegam a prejudicar o conjunto. Perguntei: Você acha mesmo? Ele disse: Sim, no geral você acertou a mão, até mesmo no capítulo surreal da inauguração das placas de rua em homenagem aos desaparecidos.

Capítulo surreal? Surpreso, perguntei: Surreal por quê? Porque a inauguração se deu depois que a ditadura tinha acabado, o discurso do vereador deixa isso claro, e K. já estava morto, portanto ele não poderia estar naquela cerimônia. Levei um susto. Ninguém havia notado isso, nem minha ex, que lera o manuscrito, nem o amigo com veia de artista que gostou e mandou publicar, nem o revisor. Tentei justificar: Mané, quando ele passa mal ao visitar os presos não está explícito que morre. Ele me refutou: Mas está implícito.

Reconheci que tinha razão, e o consultei: Você acha que eu preciso eliminar esse capítulo numa segunda edição? De forma alguma, é do gênero fantasmagoria, em que os mortos convivem com os vivos. Como *Pedro Páramo*?, perguntei. Ele disse: Não vamos tão longe; digamos que você chegou perto; aliás, na teoria literária, esse gênero também é chamado Pedro Páramo.

A conversa tornara-se amena. Ele disse: Talvez você possa depurar um pouco, mas não eliminar. Se esse capítulo tem um defeito, é o excesso de didatismo. Concordei. Ele retornou a Kafka, creio que para mostrar erudição: A ficção contemporânea é, em alguma medida, pós-kafkiana, é contundente e econômica, como em Kafka, mas se confunde com histórias da vida dos autores. Perguntei: Como se fossem testemunhos? Não, estou falando de ficção. Pedi um exemplo e ele deu: O livro do Chico Buarque sobre um meio-irmão misterioso que de fato existiu.

Lembrei-me então da novela do alemão Uwe Timm sobre um irmão que havia servido na SS e de outra do Julián Fuks, também sobre um irmão, que havia sido adotado. Mesmo assim, achei que o Mané estava chutando, ou simplificando demais. *Recordações da Casa dos Mortos* também nasceu de um trauma e Dostoiévski é anterior a Kafka. Mané não parava de falar. Todavia, imerso em meus pensamentos, eu já não o escutava. Até que ele disse: Sua novela tem origem no trauma, por isso eu gostei, apesar dos defeitos.

A insistência dele nos defeitos acabou por me irritar, contudo me contive, porque ainda me sentia culpado pela história de quem era e quem não era. Perguntei, fingindo candura: Que outros defeitos você aponta em *K.*? O vocabulário limitado, o que é natural num principiante. Perguntei: Que mais? Uma ou outra fala destoante. Pedi um exemplo e ele deu: Quando o Fleury força um preso a telefonar para K. e inventar que viu a filha dele na cadeia: tem palavrão demais, e cabeludos, achei essa fala uma aberração. Refutei: É fala de bandido, Mané, o Fleury era um facínora. Você não acha que falas têm que ser autênticas? Ele replicou: Justamente, o problema é que eles não falavam assim, tinham jargão próprio; não se esqueça que eu fiquei dois anos lá dentro. Você carregou nos palavrões porque desconhecia esse jargão.

Essa crítica, tive que admitir.

Só então provamos a cerveja, já chocha. Agora éramos dois escritores falando de literatura. Fazia uma hora que conversávamos. Ele se levantou. Sugeri a ele escrever uma resenha de *K.* para alguma revista ou jornal ou mesmo um site. Pode criticar que eu não me importo, falei brincando. Na porta, ao me despedir, prometi: Mané, se houver uma segunda edição de *K.*, vou trocar duas palavrinhas.

A visita da ex

A ex veio me ver, reclamando como sempre da bagunça. Nos separamos faz tempo, ao fim de um bate-boca que nasceu do nada e desaguou numa lavagem geral de roupa suja. Briga que já estava à espreita. Os humanos deveriam ser como as espécies animais em que macho e fêmea se separam assim que os filhotes ganham autonomia. Ela me visita regularmente. Preocupa-se comigo, entretanto nunca pediu para eu voltar, e tampouco eu lhe pedi. Ela me conta uma ou outra coisa da vida dela, eu lhe conto quase tudo da minha. E sempre peço a opinião dela sobre meus manuscritos.

Falei-lhe do descaso dos críticos, do sonho com meu pai, a admoestação, falei até da visita do Mané, que ela também conheceu. Em vez de simpatia, recebi mais crítica. Ela disse: Pior que ignorar a viagem ao Uruguai e a reclamação do Mané foi seu erro sobre a compra da casa. Você escreveu que haviam se passado seis anos do desaparecimento, mas foram só dois. Perguntei: Você tem certeza? Claro! Teu pai ironizava, dizendo que compramos casa com escadaria para ele não poder subir, então foi antes da morte dele que compramos a casa. Eu disse: Não faz diferença, o que importa é que ela não conheceu nossa casa. Minha ex não concordou: Essa parte do livro é factual, não é ficção e está errada. Como você foi se enganar numa coisa tão básica? Expliquei que, na minha cabeça, compramos casa com quintal por causa do bebê. Ela perguntou: E daí? Respondi: E daí que o analista tinha sacado que o bebê havia substituído meu pai no meu inconsciente, então concluí que compramos a casa depois que meu pai morreu. A ex, que tem memória de elefante, me corrigiu enfática: Primeiro foi o desaparecimento, depois a compra da casa, depois a morte do seu pai, e depois o bebê, nessa ordem. Tudo isso em apenas dois anos? Menos de dois, ela disse. Fiquei sem responder, tentando pôr ordem nas ideias. Ela notou minha perplexidade e disse: Pode ter certeza. Em seguida se levantou e disse: Vou fazer um café, nem café você tem para me oferecer. Sempre reclamando, pensei. Súbito, me voltaram cenas daquele tempo, como num filme, meu pai chegando a Brighton, combalido, a volta a Londres, o gravador esquecido no trem, o retorno antecipado ao Brasil, a viagem a Nova York, a depressão. Na novela, a procura é toda protagonizada por K., mas não foi assim que aconteceu. Essa ex, tão azeda, foi quem mais se empenhou.

De volta da cozinha, trazendo a bandeja com o café, ela disse, como se adivinhasse meus pensamentos: Decerto o analista falou aquilo muito depois, quando você ficou mal e chorava à toa, lembra? Concordei. Disse a ela: Na minha memória nunca sei o que aconteceu antes e o que aconteceu depois. Ela, que entende de tudo, disse: Isso se chama memória atemporal. E serviu o café.

Tomamos em silêncio, cada um pensando no que o outro falou. Então eu disse: Como foi possível a gente pensar em comprar casa, procurar, discutir preço, passar escritura, no meio daquela tensão toda, as pistas falsas, as buscas? Ela argumentou que foi tudo muito rápido. Concordei: Deve ser isso, hoje parece que foram anos, mas, pensando bem, depois de um mês já não tinha como ter esperanças, não é mesmo? Ela então veio com outra explicação, a de que compramos a casa para compensar, para inventar um futuro. Achei que fazia sentido, e disse: O bebê também, o bebê era o futuro. Ela disse: Hoje nada disso importa.

Antes de ir embora pediu um exemplar da novela para dar a uma amiga; presente de Natal. Disse que passou em três livrarias e não encontrou. Apanhei um exemplar na estante e perguntei: Você quer que eu assine? Não precisa. E despediu-se com um beijinho na minha testa. Fiquei pensando nessa mulher. Difícil, rabugenta, mas sempre solidária. O desaparecimento e a busca nos uniram ainda mais. Depois os filhos nos mantiveram unidos. Depois quase nada. Lembranças.

À noite passei na livraria Leitura. Estava apinhada de compradores escolhendo seus presentes de Natal entre pilhas de traduções de livros americanos que já venderam tantos milhões de cópias nos Estados Unidos, como anunciavam os letreiros. Havia filas nos caixas. Minha novela não se encontrava em parte alguma.

Sétimo visitante

Telefonou Lourdes, de Belo Horizonte. Passava um fim de semana em São Paulo e queria conversar sobre o livro. Sábado é dia de cadernos de cultura, todavia só falam de escritores de outros tempos e outros mundos, Proust, Joyce, Flaubert. Fiz a barba, que em geral deixo crescer por três dias, e num canto livre da mesinha dispus a jarra de água e a térmica de café, copos, xícaras e biscoitos.

Lourdes chegou com os mesmos cabelos desgrenhados de quando a conheci, tantos anos antes, cabelos de mulher desgraçada pelo desaparecimento do companheiro, eu pensara na época e ainda penso. Também trazia os mesmos olhos avermelhados da primeira vez, como se nestes anos todos nunca tivesse parado de chorar. Simpatizo com ela, com sua seriedade e dedicação. Na Comissão de Anistia é das mais ativas. Contudo, esse sofrimento que jamais cessa me constrange.

Trocamos beijinhos e um abraço. Pedi desculpas pela desordem, apartamento de um solitário, brinquei. Sentamo-

-nos, ela se desfez do agasalho e disse: Vim te agradecer pessoalmente pela publicação da carta do Rodriguez ao Klemente. Eu me surpreendi. Esperava o contrário. Esperava bronca. Mas não disse nada. O último capítulo da novela, chamado "Mensagem ao companheiro Klemente", tem a forma de uma carta de um militante que se assina Rodriguez a um companheiro da organização exilado no exterior de nome Klemente, criticando os chefes por não terem dado a ordem de parar quando havia anos tudo estava perdido. Também toca num episódio melindroso da luta armada: a execução por eles mesmos de um militante de nome Márcio, que propunha parar, falsamente acusado de traição.

Pensava em tudo isso calado. Lourdes continuou. Você não imagina como foi importante para mim e para todos nós da organização você ter publicado a carta; sabíamos que existia, mas ninguém a tinha lido; o Mateus me pediu para te perguntar onde você achou a carta; estava com as coisas do Rodriguez?

Minha surpresa nessa altura da conversa transformou-se em espanto. Ela tomara a carta como tendo sido realmente escrita pelo Rodriguez trinta anos atrás e encaminhada ao outro que estava em Paris. O Mateus, braço direito do Marighella, também! Incrível! Um texto que inventei da primeira à última linha! Pensei: como é possível, uma pessoa como ela, que conhece a fundo tudo o que aconteceu, tomar uma fabulação por documento?

Ela continuou: Fizeste um grande favor a nós, aos sobreviventes, e à história; lembro que fui a primeira a dizer numa reunião da Comissão da Anistia que o Márcio não tinha sido morto pela repressão, e sim pela própria ALN, e por isso deveria ser retirado da lista das vítimas da ditadura. Você não imagina como fui bombardeada, quase apanhei.

Eu a ouvia estupefato. A carta inventada não só virara documento como adquirira vida própria, criara novos fatos. Ela continuou: Nada do que dissemos até hoje sobre o justiçamento do Márcio teve o impacto da carta que você publicou; um amigo dele que na época me criticou muito me telefonou surpreso com a veracidade do que eu tinha dito.

Sem saber o que dizer, perguntei à Lourdes: Você acompanhou a decisão do justiçamento? Não, eu já estava presa. E como a morte do Márcio foi recebida na cadeia? Primeiro, atribuímos à repressão. Quando soubemos que nós mesmos o matamos foi um choque; de todas as mortes que senti na prisão, a do Márcio foi a mais dura, a coisa mais terrível que me aconteceu em todo meu tempo de cadeia.

Vi que os olhos dela marejaram. Ainda sem saber o que dizer, perguntei, para ganhar tempo: Você conheceu pessoalmente o Márcio? Claro, ele foi meu ponto. E como ele era? Era um cara muito simples e afetivo. Perguntei: De onde ele era? Era do interior, veio estudar direito em São Paulo, entrou na política estudantil e depois nas organizações de resistência.

Vi que Lourdes estava emocionada. Por alguns segundos nos calamos. Servi café, devagar. Então ela disse: O Márcio era o mais sério do grupo dele, o mais determinado; em Cuba, era o mais esforçado. Perguntei: E como foi possível esse erro, se ele era quem você está falando? Então ela disse: Estava caindo muita gente, um depois do outro; estava claro que tinha infiltração e deu pânico, foram quatro os que julgaram. Perguntei: Fizeram ata, apresentaram provas? Não, nada. E um militante dessa qualidade é condenado à morte sem provas? Ela explicou: O Márcio tinha proposto retirada organizada, era uma época em que a ALN considerava traição o abandono da luta; a VPR já havia abandonado, a Ala também.

Fiquei aturdido. Disse: Tinha que demarcar?! É isso?! Matar para demarcar?! Ela apertou os lábios até ficarem brancos. Por fim disse: Colocado assim parece brutal... Perguntei: Depois da anistia o justiçamento foi discutido? Não, o Gorender falou no livro dele, mas discutir mesmo nunca discutimos, virou tabu.

Ao ouvir isso, me decidi. Levantei-me, segurei Lourdes pelos ombros com as duas mãos, fazendo com que também se erguesse, e como quem quer sacudir alguém de um torpor olhei firme dentro de seus olhos e disse: Lourdes, preciso te contar uma coisa e quero que você escute bem. Essa mensagem do Rodriguez ao Klemente é invenção pura, não tem nada mais ficcional no livro do que essa carta. A maioria dos outros capítulos inspirou-se em alguma medida em fatos, essa carta não, ela foi imaginada por mim da primeira à última linha.

Pálida, Lourdes deixou passar alguns segundos. Depois disse: Não acredito; impossível; todos a consideram autêntica, o Celso, o Mateus, todos, alguns até criticam você por ter publicado neste momento, dando munição para a direita virar a Comissão da Verdade contra nós. Eu insisti: Você tem que acreditar, inventei tudo, do começo ao fim. Foi a expressão do meu desgosto por não terem mandado parar aquela loucura, imagine quantas vidas teriam sido poupadas. Esse capítulo do livro é o meu manifesto. Ela disse: Mas a própria carta diz que até para parar estava difícil. Eu repeti: Tudo inventado, isso também.

Lourdes permaneceu um longo tempo em silêncio. Eu disse: Foi um erro não considerar que ao se sentir ameaçado o Estado reage com tudo. Ela disse, concordando: Se tivéssemos ao menos preservado a razão, já teria sido uma vitória. Em seguida pegou o agasalho. Abraçamo-nos como que um confortando o outro. Eu a acompanhei até a saída. A porta do elevador já estava se fechando quando ela disse: A carta pegou na veia, na jugular.

Sangue no escorredor de pratos

No que Lourdes se foi lembrei-me de um artigo num jornal iídiche da Argentina em que o autor se dirige a Deus fazendo-se passar por um combatente no Gueto de Varsóvia, estarrecido com o que ali acontecia. O simulacro pegou porque era comum no Gueto enterrarem bilhetes dentro de garrafas ou caixas de metal. Com a carta ao companheiro Klemente aconteceu algo semelhante. Tomaram-na por genuína porque na época em que ele se exilou em Paris correu a informação de que existia uma carta censurando-o.

Quando o autor do artigo do jornal argentino revelou que o tinha escrito depois da guerra num quarto de hotel em Buenos Aires, alegaram que era melhor deixar como estava. Quis reler esse texto. Digitei no Google a única expressão que ainda lembrava, "dirige-se a Deus" e eis que, maravilha das maravilhas, surge *Yossel Rakover dirige-se a Deus*, de Zvi Kolitz, editora Perspectiva. Em seguida, encontrei a íntegra em inglês.

É um texto pungente, de um homem temente a Deus que

em nome de sua fé, ainda inabalada, interpela o Todo-Poderoso sobre o holocausto. Faz lembrar o clamor de Castro Alves em *Vozes d'África*: "Deus! Oh Deus! Onde estás que não respondes!". Yossel Rakover diz que está na última casa do Gueto ainda não destruída e que um garoto na janela ao seu lado acabara de tombar, atingido por uma bala. Pormenores que dão verossimilhança ao texto. Na mensagem ao companheiro Klemente aconteceu o mesmo: eu a abri com uma expressão que havia escutado da boca de um militante: "E você ainda vai dizer em Paris que a Organização não existe mais".

Depois de reler Zvi Kolitz abri a caixa de e-mails, como de hábito. Entrara uma mensagem inusitada de um jornalista que conheci de outros tempos chamado Luiz de Moura. Transcrevo na integra:

Prezado B.:

Acabo de ler tua novela e devo dizer que o capítulo "Paixão, compaixão", com o monólogo da amante do torturador, me deixou absolutamente transfixo. Veja que coincidência: eu fui amigo dela nos tempos de faculdade, e logo que voltei da Inglaterra, em 1978, fui visitá-la. Desci os degraus que levam a casa, e que você descreve tão bem; ela me esperava e conversamos. Eu não sabia nada do caso dela com o Fleury e de repente, um pouco antes de eu ir embora, ela começou a contar. Foi como ler o capítulo trinta anos antes de ter sido escrito. Ela falou quase as mesmas coisas que você escreveu, chorou quando recordou a família e os amigos que se afastaram totalmente, inclusive o irmão exilado que foi estopim de tudo, o irmão por quem ela foi pedir um passaporte ao Fleury acabando por se apaixonar pelo torturador. Daí falou da forma como se apaixonou por Fleury, que chamou de venturosa, falou de seu grande amor por ele e disse: Sabe, comigo ele é diferente do que você imagina, do que vocês todos falam, é gentil e carinhoso. Depois apontou para a pia, com pratos e talheres no escorredor, e disse: Ele estava aqui pouco antes de você chegar; almoçamos, e foi ele quem lavou a louça e as panelas. A cozinha era acanhada e estávamos sentados em torno de uma pequena mesa de fórmica onde certamente os dois tinham almoçado. Olhei para os pratos e as panelas lavados e me pareceu que escorria sangue, que tudo estava coberto de sangue. É meio dramático eu dizer isso, acho que elaborei o sangue depois, o fato é que me senti terrivelmente mal. Fui embora e nunca mais voltei. Quando o Fleury morreu, logo depois, naquele acidente ou queima de arquivo, como dizem alguns, pensei muito nela, no fato de ela ter ficado absoluta e definitivamente só. Há uns dois anos soube que tinha morrido de um câncer. Senti muito, acho até que me senti um pouco culpado, mas era impossível não abandoná-la, como tantos fizeram, mesmo depois da morte do Fleury. Fiquei sabendo também que pouco antes de morrer ela pediu perdão ao irmão e ele a perdoou. A morte tem esse poder de zerar tudo. Enfim, é isso o que eu queria te dizer. E parabéns pela novela.

L.

Pretendia agradecer laconicamente, entretanto a curiosidade me venceu e fiz várias perguntas:

Caro L.

Obrigado por seu e-mail.

Tenho quatro perguntas: Como você a conheceu? Como era ela? Que mais ela falou? Você tem certeza de que não sabia do caso com o Fleury quando a procurou ao voltar da Inglaterra?

Aguardo.

B.

A resposta veio em seguida e a transcrevo:

Caro B.

Respondendo pela ordem: nos anos 60 ela e minha namorada eram colegas de curso. Ambas se formaram advogadas pela Faculdade de Direito São Francisco. Eu tinha uma queda por ela e acho que ela também tinha por mim, mas minha namorada ficava de olho e nunca aconteceu nada. Depois, ela teve um namorado que trabalhava no consulado da Alemanha. Você pergunta: Como ela era? Era meio burrinha, mas tinha memória excepcional, que minha namorada invejava. Conseguia decorar textos enormes com facilidade. E era uma garota esfuziante, muito alegre, e muito bonita; você deve ter visto o retrato dela na biografia do Fleury escrita por aquele jornalista. Ela era assim mesmo, rosto de traços fortes e maçãs salientes, só um pouco mais morena do que está na foto. Era muito aventureira, meio anarquista, tinha prazer em se arriscar.

Você pergunta se ela me disse alguma coisa mais? Sim, teve um momento constrangedor em que disse qualquer coisa como o Fleury ser um homem honesto e digno, um homem de caráter, que estava ajudando o irmão a conseguir passaporte porque acreditava nos direitos dos cidadãos. Imagine como eu me senti. Ela disse isso baixinho, quase murmurando. Pensei muito nisso porque, de certa forma, contradiz ou vai além do que você sugere no capítulo "Paixão, compaixão". Ou seja, tudo bem que foi paixão, e paixão não se discute, como você bem diz na novela, mas não ficou só nisso: ela passou a venerar o filho da puta e acabou se afinando com ele. Seja por burrice ou porque a paixão cega mesmo as pessoas. De qualquer modo, não dá para aceitar. Acho que foi por isso que eu nunca mais a procurei, mesmo depois da morte do filho da puta.

Você também pergunta se eu de fato não sabia de nada quando cheguei de Londres e a procurei. Pensando bem, acho que sabia, tinha ouvido rumores na Inglaterra, alguém tinha telefonado para ela e quem atendeu foi o Fleury e isso correu de boca em boca. Esperei ela puxar o assunto — até que esperei bastante, inclusive pensei que não ia dizer nada, ou os rumores eram infundados. A impressão que tive depois é que ao me contar ela quis me testar, saber até que ponto ainda podia ser aceita pelos antigos amigos. Às vezes, ainda lembro das nossas viagens, ela tinha um Buggy e viajamos juntos, eu, ela e minha namorada. Aquela sensação de que éramos naturalmente bons. Quando me lembro de tudo isso, penso que ela também foi uma vítima. Aliás, é a ideia que o monólogo passa, a da irmã abnegada que ao se arriscar pelo irmão caiu numa armadilha da ditadura.

É isso, tudo muito escabroso e muito triste.

Saudações.

L.

Nono visitante

No concurso literário de Brasília, a novela nem chegou a finalista. Passei a duvidar de mim mesmo e me senti incapaz de escrever, paralisado como mais um Bartleby dos romances de Vila-Matas. Estava assim, em total mutismo literário, quando fui sacudido por toques insistentes do interfone. O porteiro disse: É uma mulher querendo falar consigo. Perguntei: Como se chama? Ela disse que o nome não importa porque o senhor não a conhece. Pensei: mais uma que vem reclamar. Também pensei: quem sabe é uma garota bem-apanhada, a musa providencial que vai me tirar da letargia criativa. E mandei subir.

Não era uma garota bem-apanhada. Era uma senhora gorda e baixa, de seios esparramados, nádegas enormes e pernas grossas como as de uma camponesa russa. Vi que estava de maus bofes: rosto vincado e lábios caídos. Não era velha. Dei a ela cinquenta e cinco anos. Pelo vestido simples, um estampado de algodão, podia ser uma professora aposentada, uma bancária, enfim, classe média. Assim como a velha senhora Regina, não quis entrar e já chegou reclamando. Disse aos gritos: Estou indignada com os pensamentos que o senhor atribuiu ao professor Gottlieb no capítulo de seu livro sobre a reunião da Congregação.

Ainda de pé, recusando-se a entrar, a mulher disse: Muita pretensão sua a de penetrar no pensamento dos professores e onde já se viu acusar pessoas mortas, que não podem se defender? Lembrei-me da discussão com o Mané e do meu cuidado em não penetrar na cabeça dos professores. Achei complicado explicar isso àquela mulher. Preferi perguntar se ela os conhecia. Respondeu que conheceu quase todos porque foi aluna do Instituto de Química. Eu lhe expliquei: Minha senhora, está bastante claro que os pensamentos atribuídos aos personagens são ficção; foi uma tentativa de entender o comportamento ignóbil daqueles cientistas que votaram pela expulsão da professora, quando sabiam que havia sido sequestrada pela repressão, portanto não houve abandono de função; o livro é a história de seu desaparecimento.

A mulher disse: Não li o livro, só li esse capítulo que a revista da Adusp reproduziu e sua explicação não está certa. Fiquei quieto. Nem se dera ao trabalho de ler o livro e veio reclamar... Ela continuou: O professor Otto Gottlieb nunca pensaria as maldades que o senhor lhe atribuiu. Perguntei: Como a senhora sabe? Posso lhe garantir; fui sua aluna e tive a honra de trabalhar e conviver com ele durante mais de vinte e cinco anos. Propus a ela, educadamente: Já que a senhora conheceu o professor Gottlieb tão bem, o que acha que ele teria pensado? Não sei, mas o senhor já considerou a hipótese de um dos dois votos contra a demissão ter sido dele? Admiti a possibilidade: Pode ser, mas a ata mostra que ele se calou, deixou aquela farsa macabra seguir seu curso sem abrir a boca. A mulher retorquiu: Deve ter tido seus motivos. Exasperou-me a arrogância da mulher e a questionei: Que motivos, minha senhora? Ela disse: Isso eu não sei, mas sei que quando os militares invadiram a Universidade de Brasília o professor Gottlieb teve comportamento exemplar.

Isso eu é que não sabia. Perguntei: O que fez o professor Gottlieb quando invadiram a Universidade de Brasília? Procurou o próprio presidente Castello Branco para negociar, graças ao seu prestígio de cientista; o senhor certamente não sabe, o professor Otto Gottlieb foi duas vezes indicado para o Nobel de química por suas pesquisas sobre o cerrado; duas vezes, repetiu. De novo, propus que ela me esclarecesse: se o professor Gottlieb tinha tanto prestígio e convicções tão firmes, como a senhora explica que não tenha feito nada para sustar aquela manobra sinistra? Não sei, só sei que a sua explicação está errada, não acho correto denegrir a memória de idealistas como o professor Gottlieb, que lutou por um país melhor e mais justo.

Ao ouvir isso quase sorri. Um escárnio. Assim era demais. Fechei a cara e disse-lhe: A professora demitida também lutava por um país melhor e mais justo. Ela disse: Não é a mesma coisa. Num país sem memória que não sabe reconhecer e louvar seus verdadeiros heróis é nosso dever trazer à tona a história verdadeira. Retruquei: Quem são os verdadeiros heróis? Se o Gottlieb tivesse opinado contra a demissão, todos teriam ouvido, e quer saber mais, minha senhora? Ele nem precisava dizer isso de público, bastava assoprar aos membros da Congregação. A votação era secreta, não exporia ninguém individualmente; pode-se até entender a omissão dos representantes dos alunos, por serem imaturos e vulneráveis, não a de um cientista duas vezes indicado ao Nobel.

A mulher não perdeu a pose. Disse com desdém, como quem retira uma carta da manga: Pois fique sabendo que na reunião da Congregação da semana passada o diretor do Instituto propôs uma moção de repúdio ao seu livro e ela foi aprovada. Estupefato, eu disse: Não acredito! Ela disse: É a pura verdade, e fique o senhor sabendo que foi por unanimidade.

Eu me calei, atônito. Não dava para acreditar. Depois pensei: que canalhas! E lembrei do adjetivo do Mané: pusilânimes. À mulher eu disse: Vou acrescentar esse novo voto da Congregação à segunda edição do livro, a senhora pode ver que há uma cultura perversa nessa congregação. A ditadura acabou faz tempo, mas a cabeça deles não mudou. Ela disse: As congregações são assim mesmo, não estou discutindo congregação, estou reclamando dos pensamentos falsos atribuídos pelo senhor aos professores como pessoas, especialmente ao professor Gottlieb.

Neste momento perdi a paciência e a admoestei de dedo em riste: Minha senhora, não estamos falando de um simples emprego, de uma demissão ter sido justa ou injusta, de um ilustre acadêmico ter pensado assim ou assado, estamos falando de uma vida! Se a Congregação tivesse negado a demissão, talvez uma vida teria sido salva! A senhora já pensou nisso? Ela balbuciou: Bem, nisso não pensei.

Percebi que perdera a arrogância e aproveitei para repisar: Mesmo que a professora já estivesse morta, uma recusa da Congregação inibiria a repressão e outras vidas poderiam ser salvas. A mulher nada respondeu. Eu então perguntei: A senhora, que era aluna naquela época, não sabia nada disso? Não se interessou? Esteve lá no Instituto de Química esse tempo todo, uma das professoras sumiu, outros foram levados ao DOI-Codi e a senhora nunca teve a curiosidade de saber?

Gaguejando, ela disse: Nunca me interessei por política, e estava muito ocupada com meu mestrado. Em seguida, deu--me as costas e procurou depressa o elevador, dando passadas raivosas, bem menos segura de si do que ao chegar, assim me pareceu.

Logo que ela se foi, telefonei ao editor da revista da Adusp, Pomar, para confirmar se houve a tal moção de repúdio. Ele disse que sim. Perguntei: Aprovada por unanimidade? Ele disse: Aprovaram com um menear de cabeças, exceto um que argumentou que era ficção, e eu soube que posteriormente o diretor achou por bem esquecer o assunto.

Pomar aproveitou meu telefonema para também reclamar: Não é verdade que o Dutra foi um democrata e que nunca matou ninguém. Pomar é de uma estirpe de militantes de esquerda, pai, filho, neto, todos. Ele disse: Minha tese de mestrado é sobre isso, vou te mandar um exemplar.

A tese chegou na mesma tarde por estafeta. Antes, chequei o que eu havia escrito sobre Dutra. Ele é citado tangencialmente quando K. retorna da inauguração de ruas com nomes de desaparecidos e medita sobre o fato de no Brasil darem às avenidas nomes de ditadores. Ao atingir a rodovia Dutra, diz a si mesmo: "Pelo menos esse foi um presidente democrata, embora também general e antissemita, não matou nem desapareceu ninguém, que se saiba". E isso é tudo o que diz a novela sobre o general Dutra.

Pomar se insurgiu, embora educadamente, porque sua tese visa a desconstrução do que chama mito democrata de Dutra. Contudo, a própria tese mostra que em todo o governo Dutra houve tão somente quatro mortes, todas em confrontos abertos, ao reprimirem greves com a brutalidade então costumeira, e nenhum desaparecimento. Seu título: *Democracia intolerante*. Portanto, democracia, ainda que intolerante.

Pensei: cada qual com suas dores. Pomar com a dor da repressão ao Partido Comunista, que Dutra colocou na ilegalidade; Mané com a dor do estigma da delação, a alienada da química com a dor da crítica ao Gottlieb que ela venera. Ocorreu-me que fiquei sem saber o nome da mulherzinha. Não que me importe.

O estrangeiro

Recebi mensagem em inglês de um tal Joseph Gross. Queria me entrevistar sobre o comportamento dos judeus brasileiros durante a ditadura e as relações Brasil-Israel. Escrevia da Universidade Hebraica de Jerusalém, onde fazia doutorado. Chegaria ao Brasil em dez dias. Concordei em recebê-lo e adverti que pouco sabia das relações Brasil-Israel. Marquei para dali a duas semanas, às três da tarde de uma quarta-feira, *chez moi*. De uns tempos para cá, reservo as manhãs para escrever. Assim me curo, aos poucos, do marasmo literário.

O estrangeiro foi pontual. Era um rapaz alto e magro. Parecia um desses adolescentes que esticam sem dar tempo de encorpar. Entretanto, dei a ele uns vinte e três anos, pelo menos. Rapaz de cara limpa e compenetrada, talvez madura demais para um jovem. Cumprimentou-me educadamente e desculpou-se por falar mal o português. Respondi que também falava mal o hebraico, que estudara na infância. Combinamos conversar em inglês. Perguntou se podia gravar. Respondi que sim.

Assim que nos sentamos, posicionou um pequeno gravador sobre a mesinha de centro, abriu um caderninho e disparou perguntas. Nada tinham a ver com as relações Brasil-Israel. Perguntas sobre a novela. Quem foi o rabino da sua novela que não deixou o pai colocar uma lápide pela filha desaparecida no cemitério israelita, alegando que sem corpo não podia haver lápide? Quem foi o judeu dono de uma tevê e amigo dos generais que recusou ajudar pretextando que ela era comunista? Quem era o representante da comunidade judaica do Rio de Janeiro que fazia o contato com os militares? Quem era o informante da polícia no bairro judeu do Bom Retiro?

Fiquei perplexo. O rapaz não falava português e tinha lido a novela? Perguntei: Você lê português? Sim, também entendo, só não consigo falar. E onde você aprendeu? Na universidade, lá não se faz doutorado em América Latina sem ler em português ou espanhol. E acrescentou em tom de desculpa: Mas só li a novela na semana passada porque tinha uma fila de espera enorme na biblioteca.

Fiquei feliz. Imensamente feliz. Fila de espera na famosa Universidade Hebraica de Jerusalém! Uma das dez melhores do mundo! É a glória! Sem saber, o rapaz me devolvera a autoestima roubada pelo desdém local. Decidi responder às suas perguntas com carinho. Não obstante, logo percebi que ele já tinha quase todas as respostas. Buscava confirmação. Pensei: um doutorando que não brinca em serviço.

Como ele já sabia quem foi o dono da rede de tevê que negara ajuda, expliquei-lhe o contexto da recusa: Esse judeu veio fugido da Rússia, depois que os bolcheviques confiscaram seus bens. Era natural que odiasse comunistas. O rapaz retrucou: Mas isso não justifica a falta de humanidade diante de

um pai angustiado, ainda mais depois de concordar em recebê-
-lo, como está na novela.

Mal disse isso, me dei conta da falácia. Na novela é o pai quem o procura, mas na realidade foi o filho. Também refleti sobre algo que nunca havia me ocorrido: quem sabe face a um velho pai desesperado o sujeito teria se condoído? Expliquei ao rapaz que na novela a busca é protagonizada pelo pai, mas na realidade a família inteira procurou. E também amigos.

Neste instante o rapaz fez o gravador retroceder e depois avançar, para se certificar de que estava gravando bem. Enfatizei: Joseph, a novela é ficção. Ele retomou a gravação e disse: Mas me ensinou muito sobre a ditadura, pena que não se pode citar ficção numa tese. Pensei: outro elogio. Que bom. E contei ao rapaz que a tal tevê faliu. Não adiantou ser amigo de generais, mesmo porque ele era mais amigo do Juscelino, que os militares passaram a perseguir, assim como a outros liberais que podiam ameaçar a ditadura.

O rapaz também sabia o nome do judeu encarregado do contato com os generais, que eu próprio, passados tantos anos, havia esquecido. Só não sabia quem foi o rabino que na novela veta a colocação da lápide. Parecia intrigado: O Sobel certamente não foi... O Sobel impediu que enterrassem o Herzog na ala dos suicidas... Teria sido o Pinkuss? E o doutorando de Jerusalém foi citando rabinos que eu desconhecia completamente, motivo pelo qual anotei os nomes na minha caderneta de escritor.

Deixei que especulasse um pouco mais. Achei divertido ele saber nomes de tantos rabinos de São Paulo. Nunca entrei numa sinagoga para rezar e herdara de meu pai a ojeriza a rabinos. O rapaz disse: Ou foi o Motl Malowi? Não, deve ter sido algum mais ortodoxo, do Habab, quem sabe o Isaac Dichi? Eu anotava os nomes e meditava sobre meus motivos para inventar um rabino do mal. Será porque meu pai os detestava? Ou por não terem se oposto à ditadura, ao contrário de Dom Paulo?

Lembrei-me da Lourdes agradecendo a divulgação da inventada mensagem ao companheiro Klemente. E, assim como fizera com a Lourdes, disse a esse rapaz vindo de tão longe para me entrevistar, destacando cada palavra: Joseph, escute bem, o capítulo da lápide é ficção pura do começo ao fim, nada daquilo aconteceu e esse rabino não existiu. E enfatizei no melhor inglês que encontrei: *I invented the rabbi and all the rest of it*, inventei o rabino e a cena toda.

O rapaz pareceu desapontado: O senhor inventou o rabino? Mas por quê? Não sei, ou melhor, é complicado, o capítulo foi se deixando escrever sem objetivo claro, aliás como quase toda a novela. Ele disse: É um capítulo chocante! Concordei: Pensando bem, Joseph, esse capítulo precisava ser inventado para mostrar a crueldade dos desaparecimentos, pois, além de matarem, negavam às famílias o luto. E enfatizei: *Mourning is a necessity*, o luto é uma necessidade. Em voz baixa, o rapaz disse: Entendo. E se pôs taciturno, como se recordasse algo penoso. Assim ficou por um bom tempo, sem perguntar mais nada, como se tivesse subitamente perdido o interesse em me entrevistar. Suspeitei que havia tocado num nervo e também me calei.

Deixei passar quase um minuto e disse: Joseph, ao se decidir pela lápide, K. põe fim ao tormento da incerteza, aceita finalmente que a filha já não existe. Ele repetiu: Sim, entendo. Continuei: Lembre-se que a novela descreve as manipulações do Fleury para fazer o velho acreditar que ela ainda estava viva, para desmoralizá-lo, para enfraquecê-lo. Ele disse:

Sim, isso está bem claro. Acrescentei: Com a lápide, K. não só assume o luto como também derrota esse jogo torpe do Fleury; é sua única vitória contra a ditadura, foi isso que o rabino não entendeu.

Depois de pensar um instante ele contestou: Mas por que inventar um rabino que não entende? Podia ter inventado um que entende, será que sua fabulação não foi longe demais? Perguntei-lhe: Você acha? Acho, rabinos são pessoas compreensivas, que se colocam no lugar do outro, é isso que lhes dá autoridade. Desculpei-me: Para falar a verdade não entendo nada de rabinos. Ele disse: O rabino da novela ficou nivelado aos militares que negaram ao pai o direito ao luto, tanto assim que o senhor colocou na boca dele quase as mesmas palavras do dono da tevê. Coloquei? Que palavras?

O rapaz procurou uma anotação em seu caderno e leu em voz alta, com forte sotaque: "O que você quer na verdade é um monumento, não é uma lápide, mas ela era uma terrorista, não era? E você quer que a nossa comunidade honre uma terrorista no campo sagrado?".

Havia esquecido essa passagem. Tive que admitir: Talvez tenha forçado a barra. E expliquei: Ele diz isso quando K. já está indo embora, indignado e mandando o rabino às favas. O rapaz fechou o caderno e perguntou: Os judeus de São Paulo que leram sua novela não acharam essa parte ruim? Respondi: Até agora ninguém reclamou, você é o primeiro, e nem é de São Paulo.

Então me ocorreu a seguinte explicação, que dei ao Joseph: Pode ser que no íntimo se sintam culpados pela omissão durante a ditadura, por isso não reclamam. Ele disse: Esse é um dos meus tópicos de pesquisa, e, como não encontrei referências acadêmicas, estava me fiando muito nesse capítulo da lápide. Não encontrou nada? Quase nada, falam da alta política, de diplomacia, mas não falam do comportamento das pessoas simples. Eu disse: Essa é vantagem da ficção. Ele disse: O senhor poderia me explicar como foi que os judeus se comportaram, já que o rabino é falso?

Concentrei-me por alguns instantes para organizar a resposta, depois disse: Em geral, os judeus foram indiferentes, como toda a sociedade brasileira; as entidades judaicas não apoiaram o golpe, ao contrário de muitas entidades católicas e dos empresários, mas também não o denunciaram, e assim se mantiveram no decorrer de toda a ditadura, até nos momentos mais pesados. Ele perguntou: O caso do Herzog foi uma exceção? Não exatamente, foi um momento de crise desse modelo de distanciamento, aliás, de crise também da própria ditadura, tanto assim que ali ela começa a ruir.

Depois de meditar por alguns instantes, ele pareceu concordar. E disse: Não encontrei nenhuma manifestação da comunidade sobre o desaparecimento, que se deu um ano e meio antes da morte do Herzog. Eu disse: Pior, pararam de convidar o velho pai para dar suas conferências habituais sobre literatura iídiche. Ele exclamou: Não acredito! É a pura verdade, o velho não conseguia deixar de falar na filha e isso os constrangia. E as lideranças judaicas? Não ajudaram? Delegaram àquele cara do Rio, tudo em segredo. E expliquei: Aqui no Brasil, as entidades judaicas só se tocam com antissemitismo, aí sim se manifestam, e com alarde. Ele perguntou: Não houve antissemitismo? Não. Ele disse: Na Argentina houve, e muito. Retruquei: Mas aqui não, nada de significativo.

O rapaz abriu de novo seu caderninho, procurou lá alguma coisa e disse: Tenho a informação de que dois grandes empresários judeus contribuíram para o financiamento da repressão. Dessa vez eu é que me surpreendi. Tem certeza? Certeza quase absoluta, a fonte é boa, até pensei que o senhor me confirmaria. Eu disse: Nunca ouvi falar, mas não me admira, porque muitos empresários contribuíram e multinacionais também, alguns de boa vontade, outros forçados. E acrescentei: Sei de um que se negou, o Mindlin. Ele disse: Sei, assisti ao documentário *Cidadão Boilensen*. Admirado, perguntei: Esse filme passou em Israel? Não, assisti em Berlim. Você também fez pesquisas em Berlim? Fiz, sobre o acordo nuclear entre Brasil e Alemanha. Perguntei: O que isso tem a ver com as relações Brasil-Israel? Ele disse: Naquela época o Brasil também assinou um acordo secreto de cooperação nuclear com Israel. De novo me surpreendi: Você tem certeza? Absoluta, pesquisei nos arquivos do nosso Ministério de Relações Exteriores.

Espantoso! O estrangeiro estava mais bem informado sobre o Brasil do que eu, até na questão nuclear. Expliquei que me graduara em física, conhecia bastante a questão nuclear e nunca ouvira falar desse acordo entre Brasil e Israel. Disse-lhe: Sei que havia muita cooperação entre Brasil e Paquistão e entre Brasil e Iraque, eram três ditaduras, todas querendo a bomba e se ajudando mutuamente. Ele reafirmou: Pois houve esse acordo entre Brasil e Israel, tenho os documentos todos.

Visto que estava tão bem informado, perguntei: E sobre a repressão política? Israel foi acusado de ajudar na repressão no Cone Sul, você pesquisou isso? Pesquisei, no Brasil e no Chile a ajuda veio da França — e dos Estados Unidos, é claro —; não teve ajuda nenhuma de Israel. No Chile houve até um acordo formal entre o governo Pinochet e o governo francês; no Brasil foram uns generais franceses que aqui se exilaram depois daquele golpe fracassado na Argélia. Perguntei: E na Argentina? Na Argentina foi diferente, os militares israelenses venderam a eles aviões Arava e fala-se que alguns desses aviões foram usados para jogar prisioneiros no alto-mar. Perguntei: Que mais? Venderam armas também, a maior parte no fim da ditadura, quando estourou a Guerra das Malvinas e os fornecedores tradicionais interromperam o fornecimento. Eu disse: Foi uma época terrível, milhares de desaparecidos na Argentina, no Chile, em todo o Cone Sul. Você sabia que na tradição católica o cone é o formato do inferno? Não sabia, o rapaz disse. E abriu seu caderno para anotar.

Esperei ele fechar o caderno e lhe contei: Outro dia encontrei aqui em São Paulo, no Memorial da Resistência, uma judia argentina que havia sido montonera e ela me contou que foi salva pelo governo israelense. Ele disse: Pode ser, houve duas operações de resgate de militantes argentinos, uma do nosso Ministério das Relações Exteriores e outra da Agência Judaica, chegaram a tirar quatrocentas pessoas através do Uruguai. Perguntei: E por que essas operações justamente na Argentina? Por pressão do cônsul em Buenos Aires e também porque havia muitos judeus montoneros. Eu disse: Aqui também muitos jovens e intelectuais judeus participaram da resistência, ouvi até falar que um movimento juvenil sionista deu guarida a militantes, mas não houve nenhuma operação de resgate de Israel. O rapaz explicou: É que o cônsul de Israel em Buenos Aires pertencia a um grupo de cônsules que se reunia secretamente para resgatar militantes que corriam risco de vida.

Disso eu também não sabia, e me ocorreu um paradoxo, que passei a ele: Aqui, ao contrário, os militantes é que sequestravam os cônsules para trocá-los por seus presos. Pela primeira vez em toda a entrevista ele sorriu. Depois disse: Na sua novela o Estado de Israel fornece salvo-condutos ao casal, para que eles possam sair caso sejam localizados. Isso também foi inventado? Não, isso é fato. E como foi? Foi graças ao meu irmão já falecido, que morava em Israel e se empenhou para obter os salvo-condutos. Irmão mais velho? Sim, ele mal a conhecia, fez *aliah* quando ela ainda era pequena. Acho que sentiu a perda mais ainda do que nós, que convivemos com ela. Explico: *Aliah*, em hebraico, significa "subida" e também designa a emigração para Israel. Ele perguntou: Aqui vocês não procuram o consulado ou a embaixada? Não, nunca me ocorreu, procurei os americanos, meu irmão também fez pressão sobre o governo americano através de senadores judeus e entidades judaicas que nos Estados Unidos são muito fortes. E mesmo assim nunca descobriram nada? Nunca. Recebemos uma única informação deles, mas hoje acredito que era falsa, que eles também foram ludibriados.

Neste ponto a conversa arrefeceu, como se o assunto tivesse se esgotado. Passados alguns segundos, o rapaz disse: Não sei se o senhor sabe, mas meu orientador é americano e viveu no Brasil naquela época; insistiu para que o entrevistasse. Como ele se chama? Professor James Green, ele se especializou nas ditaduras do Cone Sul. Pus-me a pensar: James Green... Green... Green...

Súbito localizei nos escaninhos da memória um garotão alto e espadaúdo, cabelos longos e loiros, meio bicho-grilo, que eu entrevistara para meu doutorado sobre a imprensa alternativa. Ele contestara minha versão do episódio em que a Liga Comunista tomou o jornal *Versus* de assalto e expulsou seu fundador, o jornalista Marcos Faerman. Na ocasião pedi que me desse a versão dele, mas nunca deu.

Pensava nisso tudo e nas voltas que o mundo dá quando o rapaz disse: O professor Green me contou que naquela época a América Latina atraía muitos jovens da Europa, principalmente da Inglaterra, e também dos Estados Unidos, como o senhor explica isso? Eu disse: Foi o fascínio da Revolução Cubana, do Che, havia montoneros na Argentina, tupamaros no Uruguai, sandinistas na Nicarágua, era como se na América Latina se travasse a batalha mundial contra o imperialismo. Esperei o rapaz absorver a informação e acrescentei, num toque de ironia: No Brasil tínhamos o novo livro sagrado da revolução mundial, o minimanual da guerrilha urbana de Marighella.

Estávamos conversando há quase uma hora. O rapaz desligou o gravador e o guardou. Sorriu, como que agradecendo a entrevista. Só então me dei conta de que não lhe tinha oferecido sequer um café. Pedi que esperasse e tirei dois expressos na maquininha. Ao servir, recebi dele um livro. Ele disse: É do meu pai. Abri e vi que tinha uma dedicatória. Só então me dei conta de que ele era filho de um importante escritor israelense, e um dos mais ferozes críticos da ocupação dos territórios palestinos. E só então entendi seu semblante subitamente sombrio num determinado momento de nosso encontro. Ele perdera o irmão mais velho, de apenas vinte anos, atingido por um projétil nos últimos dias da segunda guerra do Líbano. O pai só conseguiu aceitar a perda através da catarse literária. Escreveu uma novela não autobiográfica sobre a dor da perda de uma criança. Agradeci o livro, um pouco envergonhado. E lamentei não ter chamado minha ex, leitora voraz do pai dele.

O visitante derradeiro

Fui ao lançamento de um romance. Já havia lido uma novela do autor, sobre uma filha que nasce com uma deformidade, provocando de início repulsa, depois afeto e finalmente veneração. Novela belíssima, de sensibilidade fora do comum. Disse isso a ele e percebi que se sentiu lisonjeado. Disse-me: Você sabe que eu tenho um programa de rádio em que entrevisto escritores? Eu sei, mas você nunca me entrevistou. Talvez surpreendido pela abrupta interpelação, ele se defendeu dizendo o que não devia: É que a chefia não deixou. Perguntei, abismado: Como assim, a chefia não deixou? É, não deixou, até falei que a sua novela é importante, mas disseram que melhor não, talvez depois, você sabe como é... E perguntou, tartamudeando: Foi... alguma coisa... que você fez? Pensei: merda! O cara se submete à censura e ainda acha que a culpa é minha. Explodi, não que tivesse gritado. Explodi por dentro. A ele disse pausadamente, destacando cada palavra: Você não sabia que eu sou um maldito? Orgulho-me de ser um maldito e cago um monte para eles todos. Obviamente, ele estava incluído no "eles todos". O episódio me aborreceu demais. Contudo teve seu lado bom: elaborei a reconfortante teoria de que o desprezo dos jornais pela novela não tinha a ver com literatura, tinha a ver com ideologia.

Dias depois já havia esquecido o incidente quando, ao abrir o jornal, surpreendi-me com uma reportagem de página inteira sobre o justiçamento de militantes da luta armada que mencionava a novela. Não para elogiar ou criticar. Para legitimar a tese do jornal de que os dois lados se igualaram na prática de crimes. Lembrei-me outra vez de Primo Levi. "Os dois estão na mesma armadilha, mas é o opressor, e só ele, quem a preparou e a fez disparar."

Passei o dia deprimido pelo uso malicioso da novela. Como se não bastasse, estamparam uma foto minha em que apareço de modo grotesco. Filhos da puta, não parava de dizer a mim mesmo. À noite ainda ruminava meu desgosto quando chegou um amigo que conheço há décadas, mas só encontro ocasionalmente. Havia telefonado, dizendo que precisava tratar um assunto urgente.

Sabia que ele gostava de cachaça e recebi-o com uma pinga boa, de Salinas. É um tipo robusto, de rosto bem conformado e olhar intenso. Tem mais de sessenta anos, e aparenta cinquenta. Também esteve preso. Disse-me certa vez que só não foi morto graças a uma reportagem em que eu descrevera o brutal assassinato de seu companheiro de cela. Ele seria o próximo. Ao sair a reportagem pararam tudo. Na ocasião eu argumentei que parariam de qualquer maneira, porque o assassinato havia repercutido antes da reportagem. Mas gosto de pensar que talvez eu tenha salvado uma vida. O Talmude diz que quem salva uma vida salva a humanidade.

Abraçamo-nos e, assim que se sentou, ele disse: O João Evangelista está puto contigo. Eu rebati: Não conheço nenhum João Evangelista. E servi a cachaça. Provamos. Ele explicou: É o Klemente do teu livro, o cara que você acusa de ter executado um companheiro para intimidar os que queriam abandonar a luta. Só então me lembrei: Sim, fiquei sabendo que se chama João Evangelista. Está puto comigo por quê? Porque você foi injusto, não considerou as circunstâncias da época. Indaguei: Que circunstâncias? O risco à segurança, não podiam facilitar. Contestei: Risco se o Márcio fosse um frouxo e estivesse a ponto de cair, ele não era nada disso. Ele disse: Havia suspeitas. Eu refutei: Nenhuma prova. Ele disse: Faz parte de toda guerra, cara, a resistência francesa também cometeu esse erro.

Ao ouvir isso me enfezei. Que presunção! Comparar-se à resistência francesa! Não foi erro, eliminaram o Márcio porque ele propôs que parassem! E esvaziei meu cálice. Ele também emborcou o dele. Servi outra dose. Ele quis justificar: Houve julgamento por um tribunal revolucionário. Retruquei: Julgamento fajuto, a Lourdes me contou como foi.

Ele ficou em silêncio por longo tempo. Depois disse: Eu até concordo com você; nós também fizemos um julgamento, mas não executamos o cara, preferimos uma solução política. Que solução? Metemos o cara e a família num fusca e os largamos em Santana do Livramento, do outro lado da fronteira, com ordem de nunca mais voltarem ao Brasil.

Surpreso com a revelação e curioso, pedi para contar o caso. Ele contou: Esse companheiro já tinha sumido dois anos antes com dinheiro da organização; voltou, fez autocrítica e devolveu uma parte, nessa época já não era VPR era Var-Palmares; passou algum tempo e voltou a pedir dinheiro, para sair do Brasil com a família, muito dinheiro. Percebemos que era chantagem e montamos um tribunal revolucionário de quatro pessoas, com acusador, defensor, secretário para fazer ata, tudo direitinho. Perguntei: Você estava no julgamento? Não, mas li a ata. Eu disse: Vocês foram judiciosos. Ele concordou: Não se esqueça que a gente veio da Polop, tinha uma puta formação, na ALN não tinha discussão, o Mariga baixava a ordem e o pessoal obedecia. Eu o lembrei que quando condenaram o Márcio o Marighella já estava morto. Ele disse: Pior ainda, depois da morte do Mariga a ALN ficou ainda mais militarista.

A conversa parou por um instante, como se precisássemos absorver o que tinha sido dito. Então perguntei: Por que o João Evangelista está puto comigo se o Gorender já contou toda essa história? É que você inventou uma carta que não existiu, o Evangelista garante que nunca recebeu mensagem nenhuma do Rodriguez e que nem tinha contato com o Rodriguez. Eu disse: Justamente, cara, é uma ficção. E perguntei: Me diga uma coisa, esse João Evangelista nunca se arrependeu? Ele não fala disso. E o que ele faz hoje? É professor de história, é um cara muito legal, gosto muito dele. Perguntei: Ele mandou você falar comigo? Não, só falou que se pudesse comprava toda a edição do seu livro e queimava. Pensei: caralho, mais um querendo queimar livro. Perguntei: E você, o que achou da novela? Ainda não li. Então leia, cara, depois venha falar comigo.

Ele pensou um pouco e disse: Se você quer saber a verdade, seu livro não me interessa, porque você não participou. Reconheço que como jornalista você foi legal, mas depois você se mandou para a Inglaterra e nós ficamos aqui, segurando a barra; então é muito fácil criticar, ainda mais *a posteriori*, como se as certezas de hoje fossem certezas naquela época. Perguntei: Então você concorda com o João Evangelista? Basicamente, concordo, virou moda culpar os que foram derrotados, todos fazem isso, e a sua novela também. Insisti: Você concorda mesmo sem ter lido? Mesmo sem ter lido. E você telefonou querendo falar comigo por quê? Por causa dessa matéria do jornal sobre os justiçamentos; usaram seu livro para nos nivelar aos torturadores, muita gente não gostou; o Evangelista ficou muito puto.

Eu disse: Que se foda, não devo explicação a ninguém. Ele contrapôs: Como não deve? Todo mundo deve explicações a todo mundo, você cobra o Evangelista por uma coisa que aconteceu faz quarenta anos e não quer ser cobrado por uma novela que saiu faz menos de um ano? Falei: Eu sou escritor, faço ficção, faço arte. Ele protestou: Então não faça arte com pessoas que podem ser identificadas nem com episódios que todo mundo sabe que aconteceram, faça ficção mesmo, inventada.

Reconheci que ele podia ter razão, mas não quis dar o braço a torcer e disse: O escritor não inventa do nada, se alimenta do que viu, do que viveu, do que sentiu. Ele retorquiu: Você inventou a mensagem ao companheiro Klemente do nada e muita gente pensa que é genuína, que o Rodriguez de fato escreveu aquela carta. Repliquei: Quer saber de uma coisa? Eu me envaideço por pensarem nisso. Ele contra-atacou: Você se orgulha de ter cometido uma fraude?! De forjar um texto que difama uma pessoa?! Rebati: Não é uma fraude, é ficção, caralho! Ficção!

Estávamos aos berros. Ele gritou: Você enfiou o caso do Márcio na novela como metáfora, foi o modo que você encontrou de acusar a ALN pela morte da sua irmã, em vez de acusar a ditadura! Não respondi. Ele baixou a voz e disse em tom de advertência amiga: Sua novela e essa reportagem do jornal mexeram demais com o João Evangelista, foi uma provocação. E daí? Perguntei. E daí que é uma situação ruim. O que você quer dizer? Que ele vai puxar o gatilho de novo?

Assim que eu disse isso, me dei conta do absurdo da conversa e esbocei um sorriso. Ele também sorriu. Não dava para levar nada daquilo a sério. Ambos relaxamos e ficamos por um bom tempo sentados, tomando pequenas doses de pinga e rindo de nós mesmos. Passado um tempo, percebi então que meu amigo ponderava se me dizia algo ou não. Finalmente falou: Tem outra coisa que não te contei, o João Evangelista incorporou o nome de guerra, agora se chama João Evangelista Klemente.

Não entendi que importância isso tinha. Meu amigo continuou: Ele e alguns outros se reúnem regularmente. Você também? Não, você sabe que eu não sou do grupo deles, mas estou preocupado, acho que ele está alterado, acho que está reassumindo a persona do militante da luta armada. Indaguei: Você quer dizer que ele está num processo de regressão? Não tem nada a ver com regressão, é mais um desejo de voltar a ser o que era quarenta anos atrás. Por que quarenta anos atrás? Porque foi a fase importante da vida dele, quando era jovem e valente. Ponderei: Todos nós fomos assim. E perguntei: É verdade que ele é de uma família de antigos militantes comunistas? Ele corrigiu: Família de advogados, não sei se eram do partidão, sei que eram do Nordeste, de uma terra de jagunços.

Ficamos em silêncio por quase um minuto, cada qual pensando no que o outro havia dito. Ele se levantou, nos abraçamos e ele disse: Tô indo, te cuida. Pode deixar, eu disse.

E o acompanhei até a porta. Depois pensei: que história. Vale um grande romance de época. Emborquei uma última dose de pinga e caí no sofá.

Post mortem

Passaram-se dois anos. Lourdes demitiu-se da Comissão de Anistia, desgostosa com a tibieza do governo perante os militares. Soube que Mané morreu de insuficiência cardíaca. Já devia estar mal quando me visitou. Ele nunca escreveu a resenha que lhe pedi. Meu editor conseguiu finalmente montar seu sonhado ateliê de pintura. O João Evangelista vangloriou-se numa entrevista na tevê de ter sido o último comandante da ALN. O Instituto de Química deu-se conta de sua dupla ignomínia. Pediu desculpas públicas e ergueu um marco em homenagem à professora desaparecida. A Comissão da Verdade concluiu seu relatório sem nada descobrir.

Já havia me esquecido da novela e de tudo, quando telefonou o âncora de um programa de tevê. Ele disse: No programa desta noite vou entrevistar um agente da repressão que sabe o que aconteceu. Perguntei quem era o agente, ele disse que não podia me adiantar. E insistiu: Não deixe de assistir, se puder grave, se não puder me avise que te mando uma cópia.

Fiz como ele disse. Antes telefonei à minha ex e pedi que viesse assistir ao programa comigo. O que ouvimos nos abateu. Fui tomado por um sentimento indizível, algo parecido a uma mágoa profunda, mas mais do que isso. Não me senti capaz de escrever com minhas próprias mãos o que ouvi. Recorri a uma transcrição da entrevista, que aí está na íntegra:

NOSSO ENTREVISTADO DE HOJE É O EX-DELEGADO DE POLÍCIA CARLOS BATALHA, QUE PARTICIPOU DE UM GRUPO DE EXTERMÍNIO E ESTÁ REVELANDO EM LIVRO O DESTINO DE VÁRIOS ATIVISTAS POLÍTICOS DESAPARECIDOS DURANTE A DITADURA. CARLOS, POR QUE VOCÊ DECIDIU ESCREVER UM LIVRO CONFESSANDO AS ATROCIDADES DA ÉPOCA DA DITADURA?

Para restaurar a verdade do que aconteceu e pedir perdão a Deus.

COMO FOI QUE VOCÊ ENTROU NO GRUPO DE EXTERMÍNIO?

Quem me recrutou foi o Geraldo Abreu, ele era o procurador da Justiça Federal no Espírito Santo, mas trabalhava para o SNI; ele me levou ao Freddie Perdigão, me apresentou e acertamos tudo.

QUEM É FREDDIE PERDIGÃO?

Freddie Perdigão era o coronel do Exército que chefiava a equipe de extermínio, o codinome dele era doutor Flávio ou doutor Nagib. A gente nunca chamava as pessoas pelos nomes.

E QUANDO VAI SAIR SEU LIVRO?

Deve sair logo, eu dito para dois jornalistas e eles escrevem.

CONTE PARA NÓS A PARTE PRINCIPAL SOBRE OS DESAPARECIDOS QUE VOCÊ REVELOU A ESSES JORNALISTAS.

A parte principal é muito triste. Começou lá pelo fim de 1973, o coronel Perdigão explicou que tinham decidido liquidar todos os subversivos.

Daí, discutimos o que fazer com os cadáveres, precisava um plano. Antes a gente usava um cemitério abandonado, mas alguém desconfiou e ficou perigoso. Às vezes a gente retalhava e despejava os pedaços em algum rio ou enterrava no mato, mas isso não resolvia, sempre alguém podia encontrar. Então surgiu a ideia de incinerar, para não ficar nada, para nunca mais encontrarem nenhum resto de nada.

VOCÊ LEMBRA DE QUEM FOI A IDEIA?

Foi minha. Eu disse ao coronel Freddie que tinha amizade com muitos fazendeiros e que um deles tinha um forno bem grande, onde dava para incinerar.

DE ONDE VEIO A AMIZADE COM OS FAZENDEIROS?

Naquela época tinha muita agitação nas fazendas, tinha gente ateando fogo na plantação e os fazendeiros precisavam se defender; eu era delegado de polícia e fornecia a licença de porte de armas, às vezes até as armas eu fornecia.

E QUEM ERA ESSE FAZENDEIRO QUE TINHA O FORNO?

Era um ricaço de nome Heli Ribeiro, dono da fazenda Cambahyba. Ele chegou a ser vice-governador do estado do Rio. O doutor Heli era da TFP e muito meu amigo; nós tínhamos treinado tiro na fazenda dele.

E COMO O CORONEL FREDDIE REAGIU À IDEIA DE INCINERAR OS CORPOS?

Ele chamou o comandante Viana e os dois foram comigo até a fazenda e aprovaram o local. O forno tinha tamanho ideal. Depois acertamos com o doutor Heli.

QUEM ERA O COMANDANTE VIANA?

A gente chamava de comandante, porém a patente certa dele eu nunca soube e o primeiro nome também não, era oficial da Marinha, mas andava sempre à paisana.

QUANTOS CORPOS FORAM INCINERADOS NESSE FORNO?

Eu levei doze, desses tenho certeza, alguns eu mesmo enfiei no forno, outras vezes eu fiquei na sede da fazenda esperando terminar o serviço.

EM QUE ANO FOI ISSO?

Foram onze em 74 e um em 75. Depois queimaram um em 1981, mas desse eu não sei nada, só ouvi falar.

VOCÊ PODE NOS DIZER QUEM ERAM ESSAS DOZE PESSOAS?

Hoje eu posso, fiquei sabendo depois de ver as fotografias no livro dos desaparecidos que o governo fez.

VOCÊ NÃO SABIA QUANDO ERAM INCINERADOS?

Não, a gente pegava os sacos no DOI-Codi da Barão de Mesquita ou na Casa da Morte sem saber os nomes e transportava no porta-malas. Eram uns sacos de plástico preto, com zíper. Só quando chegava à fazenda eu abria o zíper, para ver a cara e se era homem ou mulher.

E QUEM FORAM ESSES DOZE?

O procurador doutor Siqueira tem a lista.

FALE DOS QUE VOCÊ SE LEMBRA.

O Joaquim Cerveira foi um dos primeiros, eu gravei porque quando o coronel Perdigão me entregou o saco falou *esse é melancia, verde por fora e vermelho por dentro*; ele estava com muita raiva porque o Cerveira era coronel; também gravei dois senhores que apanhei juntos porque o Freddie disse que eram peixes grandes e um deles estava sem uma mão e a mão estava no mesmo saco, tinham decepado a mão dele, e o outro era aquele deputado do partido comunista, David Capistrano; mas os que eu gravei mais forte foi o casal da professora de química que está sendo muito falada e o marido.

POR QUE VOCÊ LEMBRA TÃO BEM DA PROFESSORA DE QUÍMICA E DO MARIDO?

Porque naquela noite o motor do nosso Chevette pegou fogo e tivemos que procurar um orelhão e pedir socorro para a usina e eles mandaram outro carro; quando passamos os sacos do Chevette para o outro carro eles abriram até embaixo.

ENTÃO VOCÊ VIU O CORPO DA PROFESSORA E DO MARIDO?

Vi. Os dois estavam nus e sem perfuração de bala. Não foram mortes por tiro, que são menos sofridas, foram mortes por tortura. O da professora tinha marcas roxas de espancamento e outras marcas vermelhas, o do marido estava de unhas arrancadas.

VOCÊ OLHAVA TODOS OS CORPOS ANTES DE INCINERAR?

Como eu disse, a gente dava uma olhada no rosto, mas o ser humano é curioso e às vezes a gente abria o zíper um pouco mais.

ELES VINHAM SEMPRE NUS?

Em geral vinham sem roupa nenhuma, mas às vezes vinham de cuecas.

E COMO ERA O ASPECTO DOS CORPOS?

Vinham com sangue ressecado e muita marca roxa; parecia que já estavam mortos de dias, mas não tinha mau cheiro nenhum; acho que ficavam em geladeira.

VOCÊ DISSE QUE APANHAVA OS CORPOS NO DOI-CODI DA BARÃO DE MESQUI-TA E NA CASA DA MORTE; QUE CASA É ESSA?

Esse nome foram os jornais que deram. Era um casarão em Petrópolis que um ricaço tinha emprestado; lá ninguém entrava sem permissão do coronel Perdigão. A gente parava num boteco ali perto e telefonava para o coronel Perdigão. Se ele autorizava, a gente prosseguia, espe-

80

rava abrir o portão e entrava na garagem de ré, e eles punham os sacos fechados no porta-malas.

NESSE CASARÃO TINHA GELADEIRA?

Não sei se tinha porque eu nem saía do carro. Nós estávamos proibidos de entrar na casa. Só sei que de lá ninguém saía vivo.

COMO VOCÊS FIZERAM PARA NÃO TER TESTEMUNHA DA INCINERAÇÃO?

O forno da usina não apagava nunca, a gente chegava sempre depois de onze da noite, quando tinha menos gente e o capataz, que era o Freitas, dava um jeito de não ter ninguém perto do forno na hora que a gente enfiava os sacos.

VOCÊ SENTE REMORSO?

Muito. Eu sei que erramos, o doutor Heli também errou, forneceu o local e sabia de tudo, o Freitas também, todos eles. É tanta tristeza que me deixa descontrolado.

POR QUE VOCÊ ESPEROU QUARENTA ANOS PARA FALAR?

Porque na cadeia eu vi Jesus e me arrependi. Se somos culpados, assumamos as nossas culpas e sejamos submetidos à opinião pública.

SE A LEI DA ANISTIA LIVROU VOCÊS, COMO É QUE VOCÊ FOI PARAR NA CADEIA?

Foi por causa de crime comum, não tem nada a ver com política.

QUE CRIME?

Briga de bicheiros; peguei 42 anos pela morte do Burlamarques, pior que nem fui eu, foi um militar que ele estava chantageando, mas sobrou para mim, isso foi em 88.

CARLOS BATALHA, MUITO OBRIGADO PELA SUA ENTREVISTA. TEMOS CONOSCO O PROCURADOR DE JUSTIÇA SAID SIQUEIRA, QUE COORDENA A FORÇA-TAREFA CRIADA RECENTEMENTE PELO MINISTÉRIO PÚBLICO FEDERAL PARA INVESTIGAR OS DESAPARECIMENTOS. DOUTOR SIQUEIRA, COMO O SENHOR AVALIA AS REVELAÇÕES DO AGENTE CARLOS? CONFEREM COM AS INFORMAÇÕES DA SUA FORÇA-TAREFA?

Não conferem, e o filho do dono da usina nega com veemência que isso tenha acontecido.

MAS NÃO É NATURAL O FILHO NEGAR?

De fato, sempre negam.

ENTÃO, POR QUE O SENHOR NÃO ACREDITA?

É uma confissão conveniente demais.

COMO ASSIM?

Por que só agora, quarenta anos depois? Porque a nossa força-tarefa criou a tese do crime continuado.

EXPLIQUE ISSO AO NOSSO ESPECTADOR, POR FAVOR.

Entendemos que enquanto não se encontrar o corpo de um desaparecido trata-se de crime continuado de sequestro, portanto fora do âmbito da Lei da Anistia; ora se tomarmos como verdade que os corpos foram cremados, deixa de ser crime continuado e os criminosos se safam, ganham a imunidade da Lei da Anistia.

A CONFISSÃO DO AGENTE CARLOS SERIA UM TRUQUE?

Exatamente; um truque.

Neste ponto a entrevista terminou e a tela foi percorrida por uma lista de nomes. Contei treze. Eu e minha ex ficamos em silêncio. Nossas mãos haviam se encontrado no instante em que o agente falara do forno, e permaneciam unidas.

Um truque. O jovem procurador disse que é truque, que é mentira, que não aconteceu, que os corpos não foram incinerados num forno de assar melaço. Eu e minha ex sabíamos que era verdade. Sempre soubemos.

Agradecimentos

Aos que leram e opinaram, Flamarion Maués, Avraham Milgram, Alípio Freire, Ana Caroline Castro, Carlos Knapp, ao editor do livro Flávio Moura, à preparadora do texto Livia Deorsola, à minha mulher, Mutsuko, e... aos visitantes.

ESTA OBRA FOI COMPOSTA EM MERIDIEN PELO ESTÚDIO O.L.M. / FLAVIO PERALTA
E IMPRESSA EM OFSETE PELA RR DONNELLEY SOBRE PAPEL PÓLEN BOLD
DA SUZANO PAPEL E CELULOSE PARA A EDITORA SCHWARCZ EM JUNHO DE 2016